講談社文庫

日曜日の人々（サンデー・ピープル）

高橋弘希

講談社

日曜日の人々（サンデー・ピープル）

バラの花の輪、手をつなごうよ
ポケットいっぱい、花束さして

「Ring a Ring o' Roses」（遊び歌）

緑色の小さな生物について、紫色の大きな天使について、私はどのように語ればいいのか分かりません。言葉にすることに意味はあるのか、そう考えることもありま
す。でも言葉は溢れてしまうものだから――、幼少期の夏休みを、千倉の海辺の家で
過ごしていたせいか、私の記憶は海と結びつきやすいようです。
　記憶の中のあの蒼い海面を想起しては、言葉が満潮を迎えていると感じることがあ
ります。そして汐が引いた後の白い砂浜には、流木や、貝殻や、海鳥の骨が残されて
いるのです。そう、幼い頃に私はあの豊かな砂浜で、妙な形の骨を拾いました。翼を
広げた小鳥の形をした、白い骨でした。私がその骨を掌に載せて首を傾げていると、
傍に居た父が、海豚の脊椎骨だと教えてくれました。
　千倉は母の実家で、私が産まれ育った街は秦野です。四方を山稜で囲まれた、盆地

の街でした。十六のある春先のことです。高校から帰宅して居室へ入ると、午後の日差しの中に知らない男が立っていました。四十代半ば程の、背の高い、柔和な笑みを浮かべた男――、男の背後では、ソファーに座った母が、男と同じ種類の笑みを浮かべていました。

熱を帯びて潤んだ眩(まばゆ)い瞳――、私はその女が誰なのか分からなくなりました。母の皮を被(かぶ)った女が勝手に家に上がり込んで、ソファーで微笑を浮かべている、そう感じました。だから家には、知らない大人が二人居るだけでした。

四月が過ぎると、知らない男は家に棲みました。知らない男は、別の知らない男を家に連れてきました。ここではその男を〝A〟と呼ぶことにします。それで父の建てた二階家には、四人の人間が棲むことになりました。母の皮を被った女と、知らない男と、Aと、私です。

四枚のパズルのピースがぴったり収まり正方形になるのが、家族の正しい姿だと、私は思います。でも私には、相手と繋がる為のおうとつはありません。私は一人で小さな正方形を作って、家の片隅でひっそりと過ごしていました。

私が嗜好(アディクト)を覚えたのはその頃です。

手首の内側、手首の外側、太腿、内股、乳房などを、剃刀(カミソリ)やらカッターで薄く裂くという、ごく一般的な嗜好でした。ときに私は、誰かに何かを伝える為に、身体を裂いていると感じます。だから傷口は言葉だと思うことがあります。でもいったい肉体を裂いて、誰に何を伝えたいのか、自分でもよく分かりません。

少なくとも電気コードを手にしてしまえば、私はもう、何を伝えることもできなくなります。

1

　玄関ドアを開けると、作業着姿の配達員は三十センチ四方の段ボールを抱えていた。大学の春学期が始まって二週が過ぎた頃だった。両親が米でも送ってきたのかと思ったが、段ボールを受け取ってみると、まるで重みを感じない。受領印を押す際に、差出人を見て呼吸が止まった。――仲村奈々(ナナ)。奈々は伯母の娘で、つまり僕の従姉(いとこ)にあたり、そして彼女の葬儀も納骨も、数日前に終えていた。

　中年の配達員は、他にも多くの荷物を抱えているのか、慌ただしく玄関から出て行った。僕は居室へと歩きながら、伝票の〝受付日〟を見て理解した。死者から配達物が届くわけがない。それは奈々が生前に、配達日を指定して発送した荷物だった。

　段ボールを居室の脚折テーブルへ置くと、僕は長いこと梱包に使われたガムテープを眺めていた。この箱は開封せずに、伯母の家か、両親の家へ転送すべきかもしれない。段ボールの端に貼られた伝票にふと目が留まる。奈々の癖のある丸文字で、僕の氏名が記されている。気づくと僕はカッターナイフを手にし、ガムテープを一文字に切り裂いていた。

　蓋を開けると、段ボールの底には紙束が重ねられていた。他には何もない。紙束のページを捲ってみると、それは奈々の記した日記らしかった。〝朝の会〟〝寝室〟〝嗜好〟など、文面からは何を指しているのか分からない語も散見される。〝吉村さんが未睡をして運ばれたそうです。大事には至りませんでしたが、最近は調子が悪そうで心配です――〟読み進めるうちに、次第に車酔いにも似た眩暈（めまい）を覚えた。言葉が頭の中で不規則に揺れており、意味を理解できない。僕は文面から目を背け、紙束を段ボールへと戻した。

　奈々とは同学年だが、僕より三ヵ月ほど早く生まれているので、やはり〝従姉〟と言っていいだろう。母の実家は南千倉海水浴場からほど近い場所にあり、盆に合わせての帰省は幼年期からの一つの行事でもあった。あの夏の日の午後、僕たちは共に十四歳で、波音を聞きながら畳部屋で夏休みの宿題を進めていた。祖母と父母と伯母は、盆の夕食の買い出しにいくとかで出払っていた。祖父と、奈々の父、つまり伯父は、このときすでに他界しており居ない。

伯父との記憶は殆どないが、祖父との記憶は色濃く残っている。祖父は幼い頃に千倉で神童と呼ばれていたほど頭の出来がよく、現役で東京の国立大学に合格している。そして小学生の僕と奈々に、よく東京での生活を聞かせた。祖父はいかにもインテリ風に、淡々としかし情景豊かに語る。話が上手いのは、かつて高校教師をしていたからだろう。僕たちは一人暮らしや、東京の生活や、国立大学に、漠然と憧れを抱いた。でも残念ながら、僕も奈々も、祖父ほど出来がよくなかった。

その日も数学問題集のページは、遅々として進まなかった。そもそも夏休みに海辺の家へ帰省している中学生男女に、〝関数〟だの〝多項式〟だのをやらせて捗る訳もない。当時の奈々は軟式テニス部に所属しており、髪はショートで、脚や腕はよく日に灼けていた。しかし二の腕の途中から、小麦色の肌が塗り分けたように白い。半袖の体操着の形に日焼けしているのだ。襟元の緩い綿生地のタンクトップを着ていたので、白い肩や、白い胸元が露わになっていた。鎖骨より下の肌は日に灼けていないのだと思った。

何かの菓子のように二色に染まっている奈々の身体が面白く、僕はタンクトップの肩の布を引っ張るなどの悪戯をしていた。その内に取っ組み合いになった。畳の上を転げ回る内に、僕の掌が奈々の乳房を押しつけてしまい、その柔らかさに驚いて咄嗟に腕を引いた。するとお互いに、急に冷静になったような瞬間が訪れた。奈々は仰向けのまま、身体の上で馬乗りになっている僕を見上げていた。部屋には波音だけが響いていていた。勇気は要らなかった。勇気を必要とするところまで、お互いにまだ成長していなかった。心音と波音が一緒くたになって僕の耳の中に響いてきたのは、奈々から唇を離して暫く後のことだった。

夕刻に父母や伯母が帰宅した。宿題が随分と進んでいることを、伯母は褒めた。盆に合わせて、夜には多くの親族が実家を訪れた。居間も畳部屋も人で溢れ、そこかしこで酒盛りをしていた。奈々とはろくに会話をしないまま、帰宅の日を迎えた。翌年に中学を卒業すると、僕はもう千倉へ帰省することはなかった。家族と過ごす海辺の家よりも、地元の学友等と遊ぶ自堕落な夏休みを選んだ。そんな夏休みを三度続けたせいか、受験に失敗した。一方で奈々は埼玉の国立S大へ進学し、一人暮らしを始めていた。そこは僕が第一志望にしていた大学でもあった。一年の浪人を経て、僕はかろうじて同大学の教育学部へ進学し、八街の実家を出た。

同じ大学に通っていながらも、奈々と連絡を取ることはなかった。何年も疎遠になっていたのだし、この歳になって大学キャンパスで従姉に会うのも気恥ずかしい。入学して一年半が過ぎた頃だった。秋学期の最初の一般教養科目の授業後、見知らぬ女子学生に話しかけられた。奈々だった。なぜ僕のことが分かったのか不思議だった。なんのことはない。出席確認の際、僕と同じ名字の生徒は複数人いたので、フルネームで名前を呼ばれていたのだ。

六年も過ぎていた為か、彼女に当時の面影は無かった。頰や額にふつふつと浮いていた皰(ニキビ)は消え、部活で小麦色に灼けていた肌も、今では指先まで白い。艶のある黒髪は肩に掛かるほどで、毛先は緩く巻いてある。目元にも睫毛にも化粧が施されており、年相応の女に成長していた。おそらく僕にも、当時の面影など残されていない。身長は十センチほど伸びたし、体格もすでに大人に近い。服装も髪型も髪色も違う。でも奈々は僕を見て、コウちゃんはあの頃と少しも変わらないね、と笑った。笑みを浮かべたときにできる頰の窪みに、唯一、当時の彼女の面影を見たのだった。

確かにこのとき、僕は何かしらの運命を感じていた。運命とか、偶然とか、邂逅とか、そうした言葉に自分は弱かった。それは僕が、世界は個人の意志や意思ではどうにもならないところで回っていると、考えていたからかもしれない。朝食に何を食べるか、何時の電車に乗るか、どの授業を選択するか、そうした些細なことは、自分の意思で決定できる。でも、交通事故に遭う、大病を患う、天災に見舞われる、人生を左右する大事において、個人の意思は尊重されない。

　僕が十三歳のときに阪神大震災が起きたが、このとき祖父はまったく関係のない千倉という土地で、落下したパチンコ店の看板に頭蓋を砕かれ優秀な脳を路上に溢(こぼ)して死んだ。そこに祖父の意思は介在していない。そしておそらく奈々の死にも。

　その夜、就寝前に再び奈々の記した紙束を手にした。休み休み数枚のルーズリーフにどうにか目を通す。死の直前に発送したのだから、この紙束には意味があるのだと思った。家族には頼めない何らかの死後の処理を僕に託したのではないか、遺言に近い意味合いがあるのではないか。しかし紙面から、特にそうした内容は見出せない。

　ルーズリーフの大半には、学外サークルのような会のことが記されていた。やはり〝吉村さん〟なる人物が頻繁に登場する。この吉村という男が、会の代表者らしい。会の名称をネットで検索する内に、やがて僕は一つのウェブサイトへ行き着いた。

〝Rapid Eye Movement〟

それが奈々の出入りしていた、〝REM(レム)〟と呼ばれる会のサイトだった。

＊

東京都練馬区の東の外れにある六階建てのマンション、その六〇八号室の鉄製のドアには、〝寝室(ベッド・ルーム)〟と記された表札が貼ってある。インターフォンを押すと、ドアの隙間から年若い男が顔を出した。年齢は二十代半ばだろうか、ラコステのポロシャツにチノパンといった格好の彼は、穏やかな笑みを浮かべて丁寧に挨拶をし、僕を室内へと招き入れた。玄関には、数人分の男女の靴が並んでいる。男は孫の手のゴムボールで肩をぽんぽんと叩きながら、奥の居室へと向かった。その途中でこちらへと振り返り、──私は佐藤ビスコと言います。皆からはビスコと呼ばれているので、航(ワタル)君もそう呼んで下さいな。

ワンルームにしては広い居室で、十畳はあるだろうか、中央には楕円卓があり、その周囲に年若い数人の男女が座っている。卓上にはノートや原稿用紙やルーズリーフが置かれており、皆が筆記用具を手にしていた。一見すると、そこで皆が自習をしているかに見えた。部屋の奥には木製の簡素なベッドがあり、その手前にもなぜか布団が一組敷いてある。窓際では観葉植物が艶のある緑の葉を垂らしており、窓棚では水仙が白い花を咲かせていた。

窓の右手に事務机があり、小太りの男が帳簿を眺めながら算盤（ソロバン）を弾いている。三十前後の、短髪で顎鬚を蓄えた男。彼は算盤を斜めにしてご破算した後に、掛時計を見上げた。そしてこちらを一瞥し、独り言のように洩らした。——今日の参加者は七人か、そろそろ始めようか。ビスコに促され、僕も楕円卓の周囲の座布団の一つに腰を下ろした。

「皆さん、おはようございます、日直の杏子（アンズ）です。今日の朝の会は、見学者の航君を含めた七名で行います。皆さん、健康状態にお変わりはないでしょうか。私は昨日、キャンディを使い過ぎてしまい、少しばかり健忘気味です。朝食に卵焼きを食べたのか、目玉焼きを食べたのか、どうしても思い出せなくて、やきもきしています。皆さんもキャンディの用法用量は守りましょうね。それでは朝の会を始めます。最初に発表したいかたはいますか？　それではひなのさんからお願い致します——」

挙手をしたひなのという華奢な体つきの少女は、両手で原稿用紙を持つと、黒目勝ちの瞳を当て所もなく動かした後に音読を始めた。

「胃袋の空洞」ひなの

郊外の、緑豊かな街に建ち並ぶ、二階建ての家に、次女として生まれる、これは少しも特別なことじゃない。わたしがもっと特別であったなら、孤児院で育った、虐待を受けていた、そういう境遇だったなら、わたしは胃袋の空洞を環境のせいにできる。でもわたしの家は、普通の四人家族だったから、外側から見ても、内側から見ても、平均的な家庭だったから、わたしはわたしの病理を、環境のせいにはできないの。

わたしに症状が現れたのは十七歳の夏のこと、身長一五八センチに体重五十キロは太り過ぎだから、軽い気持ちでダイエットを始めたら、体重はみるみる落ちて、四十キロを切ったら、もう太れなくなったの。結果が数値で表れるから、体重計に乗ることが楽しみだったな。高校受験に備えて塾に通っていた頃は、偏差値を気にするほうだったたし。わたしは中学二年のときに、全国模試で二百番以内に入って、塾の冊子に名前が載ったことがある。お姉ちゃんと一緒で優秀な子供だって、ママは喜んでいたな。もちろん、わたしには棘が刺さっていたけどね。〝お姉ちゃんと一緒〟の部分に。

野菜しか食べなくなって、顔色が白くなって、次第に骨と皮になっていくわたしを見て、ママは肉や魚を食べないと栄養失調になると言ったな。それは間違いだと思う。菜食主義の人は、野菜と穀物だけでも、健康に日常生活を送ることができる。わたしは日常生活に支障があるから、問題だと思うけど――、でも実はときに異常な空腹を覚えて、深夜二時に冷蔵庫を開けて、冷凍食品のチーズカツとか、白身魚フライとか、シューマイやら中華饅頭やらを、一気に胃袋に詰め込むことがある。もちろん、詰め込んだあと、一気に便器に吐いてしまうけどね。

一度だけ、わたしはママと面と向かって、口論をしたことがある。体重が減ると、次第に頭が呆けてくる。呆けた頭は正直にものを言う。正直に言うからときに本質をついてしまう。〝子供の頃にあんたが嘘を吐き続けたから、今のわたしが枯木になってるんだよ！〟するとママは少女のようにしくしく啜り泣いてね、そんな昔のことを言われても分からない、ママは嘘なんてついてない、そう嘆くの。卑怯だと思う。あいつの嘘を熱量（カロリー）にして胃袋の空洞はぶくぶくと太ったのに、本人が何も覚えていないだなんて。不公平だと思う。嘘の愛情は暴力になりえる。哺乳類は馬鹿じゃないから気づいてしまう。子供の〝わたし〟は気づけなかったけど、哺乳類の〝わたし〟は気づいていたんじゃないかな。あれ、これは偽物だ。あれ、これはぜんぜん栄養にならない。

わたしはママの嘘に、胎児の頃に勘づいていた気さえするな。エコー検査でわたしの性別が判明したときに、ママは落胆して、それを隠すように医師に歪（いびつ）な微笑を浮かべていた。その光景は、臍（へそ）の緒を通じてわたしに伝染した。わたしは栄養や酸素と一緒に〝虚偽〟も享受して、すくすくと哺乳類の形になっていった。もちろん、これはわたしの思考実験であって、証明のしようがないけれどね。

そんなわたしも、この春かろうじて学校推薦で大学へ進むことができたの。本当は推薦を得るのに、四十キロ以上の体重が必要だったみたい。その頃の体重は三十八キロだったかな。内科医の田村先生が、診断書を上手いこと書いてくれたのかもしれないな。田村先生は、わたしを診た三人目の医師で、ママと同じ歳くらいの女の人。強要しない、勝手に決めつけない、安易に薬を処方しない、という点は好感が持てるな。前の二人の初老の医師はクズ。連中はわたしの胃袋についての理解が乏しすぎる。

田村先生との約束は、三十五キログラム以上を維持すること。それ以下にまで体重が落ちたら、わたしは先生の紹介状で、西東京の総合病院へ入院する。わたしの年齢と身長から考えると、日常生活を送るには三十五キロが境界(ボーダー)なの。でも入院したら、点滴でカロリーを入れられて豚になる。だからわたしは、三十五キロから四十キロの間を、行ったり来たりしているの。

ところでわたしは一年半くらい、女の子の日が止まっているけど、これは人間として大丈夫なのかな?

初代管理人の磯部なる人物が〝REM(レム)〟をウェブ上に開設したのは、一九九六年のことだという。Windows 95が発売され、インターネットが一般に普及し始めた頃でもあった。磯部は不眠症を患っており、同じ病について皆で語れる場所があればと考えていた。サイト内には〝寝室(ベッド・ルーム)〟なる掲示板があり、睡眠に関する情報交換の場として機能していた。某サブカル雑誌でサイトが紹介されたことを機に、訪問者は急増し、次第に不眠症以外の人々も出入りするようになる。掲示板内で、メールアドレスを交換して個人的に連絡を取り合う者も多数いた。そしてある日、会を通じて連絡を取り合った者同士が心中するという事案が発生する。このときは運営者である磯部も聴取を受け、一歩間違えれば幇助罪に問われていたという。

この一件を機に、磯部はレムの閉鎖を決める。閉鎖告知をサイトに掲載すると、多くの人々からメールが届いた。——皆が気兼ねなく相談や談話ができる場所は必要ではないか。——このサイトによって救われた者も多くいるのではないか。——何か別の形でサイトを存続することはできないだろうか。そうして開かれたのが、第一回の〝朝の会〟だった。寝室で行われていた会話を、現実世界で、実際に顔を合わせて行うという試みだった。サイト上で告知をし、二十人の申込があったが、実際に参加したのは僅か三人であったという。

〝朝の会〟の告知は引き続きサイト上で行い、回を重ねる内に参加人数は増えていった。初期の頃は皆が適当に雑談をするだけだったが、これだと話す量に差が出てしまう上に、表面的な内容で終始してしまう。そこで司会者を決め、円形になるよう皆が座り、一人ずつ順番に話す形態が取られた。ただこの方法も、支離滅裂な話になってしまったり、延々と泣き続けてしまったり、感情的な罵声になってしまったりと、諸々の問題があった。そこで話す内容を原稿用紙やノートに筆記しておき、それを皆の前で発表するやり方に推移した。語り手になるも聞き手になるも自由。朝の会で話された内容については、否定しない、追及しない、口外しない。こうした規則は、かなり早い段階から自然に出来上がったという。

参加者が増えるに連れて、会はより組織的に活動することになる。管理人を磯部とし、副管理人、会計係、事務係、電話係など、各自で役職を分担した。会合用に練馬区のマンションの一室を借り、入会費と月会費も徴収した。この頃は参加者の人数も増え、マンションの一室には収まりきらなくなり、一時は近くの区民館の会議室を借りていたという。会を通して回復していった人々も多く、集団療法的な成果も出始めていた。

そんな折、レムは参加メンバーの中から立て続けに死者を出してしまう。週に一度は会に参加していた二十代の女性会員が縊死し、その翌月に二十代の男性会員がやはり縊死した。磯部は再び会の閉鎖を考える。果たして自分たちの活動は本当に正しいのだろうか、徒らに死者を増やしているだけなのではないか。しかし副管理人は会の閉鎖に反対した。――患者の死を悼んで院長が病院を閉鎖するなんてことはありません。病院がなくなれば患者は路頭に迷い、結局は死者になるでしょう。この後も会は活動を続けていくが、磯部はある晩夏に、管理人の職を離れることになる。中央線のK駅を通過する特急列車に飛び込んだゆえに、彼の死体はただの肉塊であったという。

管理人の死と共にレムの活動は縮小していった。運営に関わっていた何人かが去り、参加者も減少した。新しい管理人が必要だった。そこで副管理人を務めていた人物が、管理人の役を請け負う。それが吉村だった。吉村は管理人になると〝日曜日の人々〟を作った。磯部が発表者の同意を得て回収していた朝の会の原稿を、冊子にまとめたものだった。原稿の提出は現在も続いており、私的な体験が記されているにもかかわらず、殆どの参加者が冊子への収録を望むという。

「吉村さんは、人々がここで生きていたことを忘れないように、日曜日の人々を作ったのでしょう。彼は些か多感なところがありますから――」

これらの話を、僕は現在の副管理人であるビスコから聞いた。彼はやはり孫の手で肩をぽんぽんと打ちながら、僕の問いかけに丁寧に答えてくれるのだった。

「その日曜日の人々を読むことはできますか？」

「入会して六ヵ月間、滞納なく月会費を納めて頂ければ閲覧できます。禁帯なので貸出はできません。過去に少しトラブルがありましてね、このような規則を設けています」

「僕は皆さんの話していた嗜好に明るくないのですが、こうした会は一般的なのですか？」

「昨今は流行りのようで、同じような会が全国にあります。米国でも流行した、所謂（いわゆる）、セルフケア（自助）・グループですね。他所（よそ）の会がどんな活動をしているかは存じませんが」

ビスコは、少なくとも僕には健康に見えた。常識があり、良識があり、そして博学でもあった。ビスコさんはどのような理由でレムに、そう尋ねてみると、

「私はクレプトなんですよ」

「なんです？」

「クレプトは、ギリシア語のクレプテスに由来し〝泥棒〟を意味します。つまり盗癖

症ということですね」

　ビスコの話を聞いている間に、参加者の殆どは帰宅していた。小太りの男だけが部屋に残り、事務机で算盤を弾いている。帰りがけにその事務机を覗くと、芋虫のような指が算盤の小さな珠(たま)を器用に弾いていた。男は算盤を破算すると、こちらを見上げ、

「見学でもかまわないから、また来るといいよ。発表は勇気がいるものだしね」

　僕は頷いて玄関へ向かったが、やはり踵(きびす)を返して、

「吉村という人は、今日は欠席ですか？」

　すると男は五珠に滑らせていく指を止めて、

「ビスコから聞いてないの？　僕が管理人の吉村だけど」

　帰路、駅前のコンビニで、朝の会で発表をしていた、ひなのという少女を見かけた。知らない振りをしようと思ったが、彼女のほうも僕に気づいた。訊けば、途中まで帰りの電車が一緒だと言う。五時過ぎの西武池袋線はすでに混み合っており、二人並んで吊革に摑まった。

初見では中学生にも見えたが、朝の会での発表を聞く限り、今は大学一年ということになる。やや癖のある栗色の髪をリボンゴムで束ね、化粧は殆どしていないがなぜか唇にだけ明るめのリップを塗っている。吊革を摑む彼女の右手の甲には、判でも押すようにして、皮膚が薄く剝がれたかの桃色の傷口が二つあった。今一つ要領を得ない彼女の話を、僕は聞くともなしに聞いていた。

電車が駅へと入り、減速によって身体が揺すられる頃に、耳元で明るい声が聞こえた。今度は航君も朝の会で発表してみるといいよ、私も航君のことが知りたいな。目の前で自動ドアが開き、ひなのは乗り換えの為に電車を降りていった。彼女と何の話をしていたのか、少しも思い出せなかった。人混みの中に消えていく痩身の背を見て、ひなのが住むという郊外の緑豊かな街並みを少しだけ想像した。

その夜、就寝前に居室で歯ブラシを咥えたまま、再び段ボールの中のルーズリーフを手に取った。これはおそらく、奈々の〝朝の会〟なのだろう。〝未睡をして運ばれたそうです〟この〝未睡〟が〝未遂〟を意味することは他のページから把握できた。吉村には自死の願望があるのだろうか――、洗面台に戻り口を漱(すす)いで顔を上げる。鏡に映る人間の姿を見ながら、僕は再び器用に珠を弾く芋虫の指を思い出していた。

＊

五月に入ると次第に雨の日が増えていった。傘を差して、頭の上の雨音を聞きながら、大学へ通う日々が続いた。四月の内に、僕は秋学期からの休学願を教務課へ提出していた。それで卒業が一年遅れることが確定した。大学の講義には辟易していたし、興味のある仕事もないままに、秋から就職活動をすることは億劫だった。あらゆる問題を一年先延ばしにする——、両親はそんな不毛な理由に納得しないだろう。だから僕は何も相談せずに休学届を出した。この件が露呈した際には、単位不足で四年で卒業はできなくなったとでも言い訳するしかない。

五月半ば、家庭教師先の生徒である尚人が、中間テストで良い成績を取った。母親はいたく喜び、賞与といって僕に一万円の入った封筒を渡した。尚人はS大附属中学の三年生で、大人である僕の言うことに素直に従う。宿題忘れもなく、毎回行う英単語の小テストの準備もしっかりしている。尚人の成績が上がったのは、僕の指導成果ではなく、彼の素養な気もする。

休憩時間には、母親の手作りの洋菓子が出される。プリンやタルトやスイートポテト――、尚人はそれらの菓子を、いつも恵比寿顔で頬ばっていた。僕の母は手作りの洋菓子など出さなかったが、気が向いたときに手製のチョコレートパフェを作った。パフェグラスにコーンフレークを入れ、バニラアイスを載せ、ホイップクリームを添え、チョコソースを掛け、シガレットクッキーを差す。それだけでも幼い子供には、あのお菓子の家から出てきた代物に見えるものだ。その記憶が強く残っているせいか、僕は大人になった今でも、ときにファミレスでチョコレートパフェを頼んでしまう。

週二の家庭教師と、親からの仕送り以外にも、僕は転売で結構な収入を得ていた。古書や中古LPを大手のリサイクル店で安く買い、ネットで高く売る。〝せどり〟とも呼ばれる手法で、仕入れのコツは学友の鈴木から教えてもらった。鈴木自身は今ではせどりを辞め、携帯用の〝ランキング・サイト〟なるウェブページの管理人をして相当な収入を得ていた。詳細は知らないが、循環によって利益を得ていく、そう語っていた。おそらく彼は、せどりの手法を、形を変えてネット上へ持ち込んだのだろう。その鈴木は必修の単位を殆ど落とし、未だ新入生と一緒に授業に出席している。

鈴木にだけは奈々のことを打ち明けていた。授業で奈々と再会して以後、僕の心は急な坂道を転がるように彼女へと傾いていた。しかし奈々は近親者だった。成人しているとはいえ、こういうときはそう冷静に物事を判断できるわけでもない。鈴木には、四親等なら結婚もできるし別にいいんじゃない、と軽く返された。愛は国境（ボーダー）を越える、とよく分からないことも述べていた。いずれにせよ、僕は鈴木の楽天的な生き方が羨ましくもあった。

授業後に奈々と学食で昼飯を摂（と）ることが習慣になっていたが、そこに偶然、鈴木が通りかかったことがある。奈々にも、鈴木という面白い級友が居ると平素から話していた。鈴木を近くへ呼んで、奈々に紹介してやった。その間、鈴木は半笑いを浮かべて頭の後ろを掻きながら、頻（しき）りに身体を揺らしていた。一緒に飯を食えばいいものを、鈴木はやはり薄笑みを浮かべたまま、足早に学食から去った。

なんだか挙動不審な人だね、と奈々は笑い、なんだろうね、と僕も笑った。後日、鈴木にこのときのことを訊くと、いやぁ、遠目には姉弟に見えてびっくりしたよ、などと述べていた。血が近いと、人間さすがに似るもんだなぁ——。しかしどこからどう見ても、僕と奈々はまったく似ていない。

レムの会合は主に土日祝日の午後に行われていた。月会費二千円を支払えば、誰でも参加できる。一二度の見学をするだけのつもりだったが、結局はその後も何度か寝室を訪れた。あの痩せた少女、ひなのとは、帰路が一緒で、年齢も近いので、何かと話をする機会が多かった。ひなのは僕の借りているマンションから、電車で三十分ほどの私立T大学に通っていた。

「私、水曜日の授業が、一限と四限だから、今度、授業の合間に、航君のうちに遊びに行ってもいい？」

水曜履修の講義を僕は早々に切っていたので、特にすることはない。いずれにせよ彼女はその場の気分で口にしているのだと思い、別にかまわないよ、と軽く返した。翌週の水曜日の午前中、これから行くね、と本当にひなのからメールが来たので慌てた。

急いで部屋の掃除をし、麻紐で括ってある書籍やらＬＰやらを押し入れへとしまい込んだ。駅からマンションまでの地図をメールで送り、ハイムⅢの二〇三号室だと教えてやる。午前十一時にチャイムが鳴った。玄関ドアを開けると、水色のワンピースを着て、麦藁の帽子を被り、花柄のナップザックを背負った彼女の姿があった。

ひなのは室内へ上がると、立派なマンションだし、南向きで日当たりもいいし、いい部屋だねぇ、と感心していた。家賃も高いでしょうとひなのは言ったが、両親が支払いをしているので僕はよく知らない。ひなのはコンロや流しや調理スペースを確認するように見回して、キッチンも広くて使いやすそうだし、オーブンレンジまである、などと洩らしていた。

部屋に迎えたはいいが、その後に何をすればいいのかまったく分からなかった。ひなのは、駅前でロースカツ弁当を買ってきたから一緒に食べようと言う。僕は朝から延々と転売する書物の梱包をしていたので、豚カツの脂の匂いに途端に空腹を覚えた。冷めないうちに食べて、と言うので、さっそく座卓に向かいロースカツ弁当を頬ばった。

一緒に食べようと言ったが、彼女の分の弁当はなかった。自分はコンビニで買ってきたヨーグルトを食べるという。ひなのはプラスチックのスプーンを舐めながら、幼子のようなあどけない瞳で、僕がロースカツを貪る姿を見詰めていた。

二時過ぎにひなのは部屋を出て行った。大学へ戻って四限の〝オリエント史概説A〟の授業に出席するという。結局、僕は安い紅茶を一杯出しただけで、年下の女子に昼食をご馳走してもらう形になった。玄関でひなのを見送った後に、もう二度と彼女は家に来ないだろうと思った。

　週末のレムの会合で、ひなのは僕と目も合わさなかった。やはり先日の一件で、僕に幻滅したのだろう。僕は彼女と帰路が一緒になることを避ける為に、朝の会後、藁(わら)半紙(ばんし)刷りのレムの会報などを読んで時間を潰していた。

　会報は副管理人であるビスコが不定期で発行しており、レムの情報や行事やコラムなどが記されている。その会報の過去号で、〝朝の電話(モーニング・コール)〟なるサービスがあることを知った。このサービスについてビスコに訊いてみると、彼はやはり孫の手で肩叩きをしながら、丁寧な説明をしてくれた。

「〝朝の電話〟は、二十四時間、いつでも朝の会ができるようにと作ったサービスです。少し前に流行した、ダイヤルQ^{2}ですね。〇九九〇—五四—二六××に電話をすると、杏子のアナウンスが始まり、番号選択で、会の情報や、会員のメッセージを聞くことができます。副管理人の小話コーナーもありましたね。朝の会は、伝言メッセージで行うことができます。私も何件か文字起こしを担当しましたが、なんとも大変な作業でした。たった十分の音声に、二時間を要したこともあります」

「文字起こしとは？」

「朝の電話で行われた朝の会も、文字起こしをして、日曜日の人々に収録していたんです。ただ朝の電話は感情的なものや、ロバの耳的なものが多かったので、安易な閲覧は会員に良からぬ影響を及ぼし兼ねません。今では日曜日の人々から取り外して、吉村さんが管理しています。いずれにせよ朝の電話は、管理人判断で四月に廃止されました。いかんせん、レムは赤字運営ですからね」

事務机で算盤を弾いていた吉村が席を立ち、背伸びをした後にトイレへ向かった。鍵の閉まる音が聞こえると、ビスコはトイレを一瞥し、それから僕を見て、

「つかぬ事を訊きますが、航君はゲイではないですよね？」

「は？」

「いや、ときに吉村さんのことを、熱っぽい瞳で見つめているものですから——」

翌週の水曜日、午前十一時を過ぎた頃だった。寝間着姿のまま古書の梱包作業をしていると、玄関チャイムが鳴った。宅配便かと思い、寝癖のついた頭を掻きながら玄関へ向かう。ドアを開けると、通路の日差しの中には、両手にスーパーのビニール袋を提げたひなのが立っていた。

「今日は私が、航君の御飯を作ってあげるね」

ひなのは自宅から持ってきた水玉のエプロンをすると、台所で調理に取り掛かった。骨と皮の腕に包丁を持って、小気味よく玉葱を刻んでいく。僕はその光景を見ながら〝体重が減ると頭が呆けてくる〟と語っていた彼女の朝の会を、ふと思い出していた。

食卓には、牛丼と、お吸い物と、お新香が並べられた。牛丼は濃い目の味付けだが、卵黄を崩すと丁度いい塩梅（あんばい）になり中々に旨い。料理などできないと勝手に思っていたので意外だった。牛丼を褒めると、ひなのは照れたように笑った。笑うと唇の端から可愛らしい八重歯が覗く。僕がそのことを言うと、ひなのはまた笑い、そしてまた八重歯が覗いた。

「子供の頃から料理が好きなの。料理を作って、ママやパパやお姉ちゃんに食べてもらうのが好きなの。部屋の本棚にね、料理本が沢山並んでいるよ。ママはね、きっといいお嫁さんになるって」

ひなのは上ずった声で、たどたどしくそんな話をした。僕は彼女の家庭環境がよく分からなくなった。朝の会を聞く限り、ひなのは母親を嫌悪しているのだと思ったが、そういう訳でもないのだろうか。

ひなのは牛丼には手を付けず、やはりヨーグルトを食べていた。スプーンを持つ右手の甲の、血の滲む二つの傷痕が、ふと僕の目に留まる。その傷痕について訊くと、中指を咽喉の奥へ突っ込むときに、左右の八重歯が手の甲の皮膚を削いでいくらしい。


五月が過ぎる頃、寝室で吉村と二人きりになる機会を得た。その日、僕は掃除当番だったので室内の掃除機掛けやら、拭き掃除やらをしていた。他の会員はすでに帰宅し、部屋には事務机に向かい算盤を弾く吉村の姿しかない。経理をしているかと思いきや、算盤の基礎練習をしていた。一から順番に数字を足していくだの、百から順番に数字を引いていくだのあるらしい。

吉村が朝の会で発表することはない。未だ日曜日の人々の閲覧も許されていないので、僕は吉村が如何なる人物なのか掴みかねていた。ビスコから聞く限りだと、吉村は大手食品メーカーに勤め、足立区のマンションで一人暮らしをしている。磯部から引き継ぐ形でレムの管理人になり、現在に至る。基礎練習を終えた吉村は、算盤の珠

枠を手布(ハンカチ)で拭いながら、

「入会して一ヵ月が過ぎるけれど、ここには慣れたかい？」

「えぇ」

「朝の会で発表はしないの？」

「僕は皆さんの話を聞いているだけで充分なので」

「航君は変わってるなぁ」

「吉村さんはなぜレムに？」

「僕は不眠症なの」

「死を意識することも？」

「波があるからねぇ。最近は調子がいいけど、季節の変わり目が駄目らしい。でもいずれやってしまうかもなぁ」

「どのような方法で？」

「就寝中に、吊るのが理想かな」

「就寝中じゃ、自分で吊れませんよ」

「助手でも居てくれればいいんだけどね」

「そのときは、僕がお手伝いします」

「アハハハハ、航君、幇助罪で捕まっちゃうよ」

「お手伝いします」

2

「赤い噴水」ナナ

　偽者の父も、皮を被った母も、Aも、基本的には私を甘やかしました。父は休日によく、洋服やアクセサリーを買い与えてくれました。母は再婚を機に仕事を辞め、食卓には私の好きな手料理が並ぶようになりました。Aは物静かな男だったので、私とあまり言葉を交わしませんでしたが、両親に促されてよく予備校への送迎をしてくれました。一見すると、本当の父が他界する前の家庭に戻ったようでした。そして事実、世間から見ればそれはごく普通の一般家庭の姿でした。その一般家庭の中で、私は次第に嗜好(アディクト)に惹かれ、嗜好の虜になるのでした。

前述した通り、私の嗜好は皮膚を薄く裂くというごく一般的なものであり、これは当時、同年代の女子の多くが好んでやっていたので、少しも特別なことではありません。剃刀（カミソリ）やらカッターで薄く裂いた皮膚は、血が滲んでも滴ることはなく、赤ペンを引いたかの細い線ができます。手を握ってぐっと力を入れると、ようやくその赤い線からじわりと血液が溢れ、鮮血が滴ります。痛みはありません。いえ、本当は痛いんです。ただその痛みは、感情に上書きされてしまい、実感を伴いません。カッターナイフの刃を押し出すときに響くカチカチカチという金属音を、自室以外で聞いてはいけません。あの音を聞くと、下腹部が火照り、股の付け根が痺れ、嗜好を拒むことは難しくなります。

赤い線は、やがて白い線になり、消えることはありません。一列に傷をつけていくので、洗濯板のように皮膚に凹凸ができます。私は夏場でも常に長袖を着ていましたが、着替えの際に腕の洗濯板を級友に見られて、本気で心配されたことがあります。一方で眉を顰（ひそ）める級友もいます。でも本当の所、私は自身の行為を少しもおかしなことだとは思いません。同じような行為を、犬も猫も、インコさえもします。

家庭で最初に私の嗜好に気づいたのは、意外にもAでした。予備校からの帰路の車中で、私はAに手首を摑まれました。彼は私の手首の外側に伸びた白い横線を目の当たりにすると、級友のように心配や同情はせず、不快感を示すこともなく、無駄なことはするな、と言い捨てました。無意味なことはするな、ならば、私は反論できたでしょう。でも無駄なことはするな、と言われてしまうと、返す言葉もありません。暫くAは私の手首を握り締めていましたが、前方で信号が変わると、再び車を発進させました。

　この嗜好には当時、様々なトレンドがありました。傷痕で蝶や薔薇（バラ）や十字や六芒星（ろくぼうせい）といった模様を作る人もいました。裂いた直後の赤黒い創傷をウェブに公開して、人々の感想を得て満足する人もいました。私はそうしたことに興味はありません。私独自の嗜好といえば、抜いた血液をプラスチック容器に入れて保存することです。日付と容量を記して、赤黒い容器を、鍵付の戸棚の中に陳列しておきます。気づいたとき、容器の血液は二リットルに達していました。一年間に献血できる量の上限が八〇〇ですから、当然ながら貧血になり、私はマスチゲンを服用しては血液を抜きました。

　一度は、加減を忘れて静脈を裂き、血液が噴水のように溢れました。私はその赤い噴水をまともに顔に浴び、悲鳴をあげました。血液が、温かかったからです。他人の血を顔に浴びてしまったかの気味の悪さに、悲鳴をあげたのです。でもそれは自分の手首で起こっていることなので、止血しないといけません。赤い噴水は、手の力の入れ具合によって勢いが上下しました。私は愉快になり、しばらくその玩具で遊びました。

次第に噴水の出所を、刃先で探し当てられるようになりました。手首の腱から左へ一センチ程の場所に、縦に深めにカッターを入れると、やや弾力のあるゼラチン質のものに刃先が触れ、そこでちょいと刃を手前へ引くと、湧水のようにして紅色の肉の裂け目から血液が溢れ、拳に力を入れると噴水になります。私は自室の床に座り込み、やはり恍惚としてその赤い噴水を眺めているのでした。

そんな折、私は学校で嗜好以外の傷を負いました。先生に提出するプリントを慌ててホチキスで留めようとしたとき、出口で針が詰まり、ハンドルを持ち上げて親指で何度も押していたら、指の腹に針が刺さりました。針は肉の中で鉤形に食い込み、容易に引き抜くことができません。私はあまりの痛みに顔を歪めて、震える左手でどうにか針を抜きました。指の腹には、一ミリほどの、二つの赤い小さな穴が空いていました。私は目尻に涙を滲ませながら、その傷口に絆創膏を貼ったものです。

この頃から、御多分に洩れず、私もラムネに興味を持ちました。たなべ屋のラムネと、その他数種の色付ラムネを混合（カクテル）すると、得も言われぬ多幸感に包まれることを知りました。

そして御多分に洩れず、次第に電気コードに惹かれました。多幸感の中で電気コードに興味を持つことは、危険であると同時に、安息をもたらすものでした。一般社会でいう、生命保険に近いと思います。もしものときの備えとして、ラムネと電気コードを、手の届く範囲に置いておくのです。

死を意識した人間は、その末期（まつご）、意外に冷静に身辺整理をする傾向があると、吉村は述べていた。不要な物を処分したり、大切な物を人に託したり、金銭関係の整理をしたり。封書やら小包やらを生前に親しかった人間へ送るというのも、典型的な行動だという。

——磯部さんの死後、僕の部屋にはダイエットシェイクが送られてきたからね、君は太り過ぎだから健康の為に少し痩せたほうがいい、という添え書きと一緒に。まぁ、彼らしいと言えば彼らしいけど、正直、もらった側はどうしたらいいものか。吉村はそう洩らして苦笑していたが、瞳は虚空の一点を凝視したままだった。

僕もまた、この紙束にどう応ずればいいのか分からなかった。講義でもよく使っていた、B5の罫線入りルーズリーフ。多くは表題を記した後に、奈々の癖のある丸文字で言葉が綴られている。講義中に奈々の手元を見たときにも思ったが、奈々の容姿と、奈々の文字は不釣り合いだった。容姿は大人になっているのに、文字は千倉で過ごした頃と変わらない。大人の奈々から、子供の奈々の文字が生まれていく。その子供の文字とは相反する朝の会の内容に、いくらかの戸惑いを覚えるのだった。

ルーズリーフには〝情報処理の単位を落としそうで焦っています〟〝スタバのソイラテが意外に美味しかったです〟〝最近はヴァネッサ・カールトンを毎日聴いています〟といった、おそらく朝の会とは関係なく、特に意味のない何でもない日常を綴ったものまであった。意味がないのならすべて焼いてしまおうかと思った。しかしよく考えると、三十枚程度の紙束なので、部屋に置いておいてもかさばる物でもなかった。

文中には、未だ何を指しているのか分からない言葉がある。話が繋がっていないと思われる箇所もある。何枚かページが脱落しているのだろうか——、ただ僕にも内容を予測できる部分があった。〝A〟なる登場人物に、おそらく僕は会ったことがある。

　奈々の通夜の日には幾度となく春時雨が過ぎた。式場には高校や大学の友人など多くの参列者がいた。途中、僕は喪服姿の背の高い男に呼び止められた。奈々の兄だという。彼は再婚した伯母の夫の連れ子で、つまり僕から見ると従兄にあたる。

　少し話をしたいんだが、と彼は僕を葬儀場の軒下へと連れ出した。彼のことは両親から少しだけ聞いていた。名前を和彦といい、SE(システム・エンジニア)の仕事をしている。結婚して東京に住んでいる。産まれたばかりの子供がいる。それ以外は知らない。

「大学入学後に、君と奈々が懇意にしていたという話をちらと聞いたんだが——」

　僕は昨年の秋学期以降の奈々の様子を、簡単に説明してやった。軒から落ちる雨垂れが、提灯の仄明(ほのあ)かりにときに煌めいた。和彦が僕を連れ出した理由は分かっていた。妹の死を悼み、そして妹の死の責任の一端が僕にあると考えているのだ。しかし和彦は僕を責めはせず、頻りに手布(ハンカチ)で口元を拭いながら、謎の微笑を浮かべていた。

　駐車場に眩いヘッドライトのバスが入ってきて、僕達を同じ白光の中に照らし出した。それで思わず僕は口を噤(つぐ)んだ。和彦は一人で何度か頷いた後に、時間を取らせて済まなかったね、そう言い残して、足早に式場へと戻っていった。

　ひなのは相変わらず、水曜日に昼食を作りにきた。カツ丼やら焼肉丼やらミートソース・パスタやらを手際よく仕上げていく。途中で気づいたが、やたらとカロリーが高いものばかり食べさせる。僕の平時の食生活は貧相だったので、喜んでそれらを平らげた。その為か春から二キロは体重が増えた。ひなの自身は、やはりサラダやヨーグルトばかり食べていた。

　昼食を終えると、ひなのは半身をベッドに横たえて眠ってしまう。痩せている分、体力がないのかもしれない。小枝のような腕を枕にして、その上に小さな頭をのせていた。肩口から腕を辿っていくと、手の甲の二つの桃色の傷口へと行き着く。治りかけたら皮膚が剝がれ、治りかけたら皮膚が剝がれを繰り返していたので、傷口はいつまでもそこに残っていた。その生傷を消毒して絆創膏でも貼ってやりたい気持ちにもなるが、同時にそれが無駄なことも分かっていた。

　窓から昼下がりの陽光が差して彼女の頰を明るく染めると、ひなのは十八歳ではなく幼い子供にも見えた。ワンピースの襟口から白い胸元が覗く。下着が大きすぎるのか、薄く色付いた乳頭すら覗くこともある。でも少しも欲を抱かなかった。父親が娘と昼寝でもしたら、こんな気持ちになるのかもしれない。

だからだろうか、僕は彼女の寝息を聞く内にふいに愛情を注ぎたい気分になり、彼女の頭を撫でてみたことがある。彼女の栗色の髪は随分な猫毛で、撫でた通りに髪の流れができていく。その最中、ひなのが薄い瞼を持ち上げていたので僕は固まった。

ひなのは無言のまま、寝惚け眼で僕を見上げている。三度ほど普通の呼吸が続いた後に、その瞳はゆっくりと瞼と睫毛に鎖(とざ)されていった。寝息が再開されると、僕はそっと彼女の頭から手を引いた。手の平には、ヘアリンスの甘い匂いが残っていた。

何度目かに、ひなのは市販の生地を使いオーブンレンジでピザを作った。ピザまで作ることにさすがに僕も戸惑ったが、チーズが溶けて香ばしい匂いが漂う頃になると、空腹を覚えて腹が鳴った。

食卓へ運ばれてきたピザには、チーズとベーコンとサラミがたっぷり載っていた。ペットボトルのコーラまで用意されている。ピザを次々に頬ばり、コーラを喇叭(ラッパ)飲みする僕を、ひなのは満たされた微笑みを浮かべて見つめていた。

「俺が肥えたら鍋で煮て食うつもり？」

そう冗談を言うと、

「航君は私の胃袋だから」

そう冗談で返された。


日曜の朝、古雑誌や落丁して売り物にならなくなった書物を資源回収へ出す際、仕分け作業をしていた管理人に話しかけられた。彼はマンション敷地の東側に建つ平屋に寝泊まりしている、五十歳前後の日に灼けた男だった。最初は彼が家主だと思っていたが、家主の代理で雑用やら事務やらをこなす管理人なのだという。彼は麻紐で括られた書物の背表紙を見て、

「若いのに、随分と古い本を読んでいるんだねぇ」

〝藝術随想〟〝模写と鏡〟〝成熟と喪失〟それらは彼が学生時代によく読んでいた本らしい。まさか読む為ではなく、売る為に買っているとは言えないので、適当に相槌を打った。管理人は書物の束を軽トラックへ載せると、軍手をした手で額の汗を拭い、それから六月の青空を見上げた後に、今は何歳なの？　ふいに尋ねてきた。二十一歳だと答える。すると管理人は青空から僕へと視線を移して、

「じゃあ今が、人生で一番楽しい頃だね」

＊

「おはようございます、日直の杏子です。今日の〝朝の会〟の出席者は八名です。皆さん、健康状態にお変わりはないでしょうか。私は先日、故意にか、誤ってか、深く刃を入れ過ぎてしまい、三針縫う失態を犯してしまいました。もう四度目なので、そろそろ先生に呆れられてしまいますね。皆さんも嗜好（アディクト）はほどほどに。それでは朝の会を始めます。最初に発表したいかたはいますか？　では本日は、時計回りで発表を進めたいと思います――」

「クレプトと私」　佐藤ビスコ

私が初めて窃盗（クレプト）を行ったのは一九九六年のことです。あの初夏の午後、私は高等学校からの帰路に、自転車で中古ゲーム店Fを訪れました。就職して家を出た兄のゲームソフトが数多く残されており、私はこれらを売って小遣いの足しにしようと考えました。ただ、未成年が品物を売るには、親の同意書が必要という話を聞いていたので、店舗で必要書類を調べておこうと思ったのです。

Fは居抜き物件で、元は酒屋であったと聞きます。店内は三十坪ほどの広さでしょうか、私はその店舗へ立ち入った所で、足を止めました。レジ横の新作用硝子ケースに、ポケットモンスターの赤と緑が並んでいました。ご存知の通り、このソフトは当時、社会現象になっており、入手が非常に困難な品物でした。レジの内側では、エプロン姿の若い男性店員が、段ボールからソフトを硝子ケースへ移す最中でした。おそらく私が入店する直前に、偶然入荷したのでしょう。

私は報道番組で煽られていたあの赤と緑の二つのケースが、手の届く範囲に置かれていることに、ある種の興奮を覚えました。あの二つを手中に収めたとき、如何なる感情が訪れるだろう――、如何なる快楽を享受するだろう――、私には硝子ケースに並ぶ二つの赤と緑のソフトが、二種の宝石に見えました。ルビーとエメラルドが、私達を盗み出して、と私の耳元で囁（ささや）いていました。それは明らかに物欲とは違います。

最も近しい欲求は、恥ずかしながら、それは性欲であるかもしれません。

　新作が並ぶレジ横の硝子ケースは施錠されていません。それは他の客が商品を購入するときに確認しました。天井に防犯カメラらしき物は見当たらず、都合よく、店員はその若い男が一人居るだけです。レジの奥には休憩室があります。その場所で、他の店員が事務仕事に従事している可能性はあります。私は一度、戸外へ出ると、店先の公衆電話からFへと電話を掛けました。硝子窓の向こうに、休憩室へ電話を取りにいく店員の姿が見え、今現在この店舗には彼しか居ないものと確信しました。店員が電話に出ます。私は極力低い声で、次のように述べました。

「先ほど店の裏手に灯油を撒いて火を放ったのだが、しっかり燃えているか確認して貰えんかね」

　店員は屋外へ飛び出してきて、店の裏手へと駆けていきました。私は店員と入れ違いで店へ入り、硝子ケースの中から二つの宝石を盗みました。十秒も掛かりませんでした。私はその宝石を学校指定の補助鞄へ入れ、自転車へ跨がり、帰路を辿りました。私の胸の中では、ペダルを漕ぐ以上の激しい動悸が轟いていました。その雷鳴の如き轟きは、私が享受していた快楽の分量と比例していました。全身が痺れるかの悦びに、ハンドルを握る両手が震える程でした。

　しかし自室で私服に着替え、寝台に身体を横たえると、この二つのゲームソフトをどうしたものか困りました。私はそもそもゲームに興味は無く、ゲームをする為の実機も持っていなかったのです。――

　その後、私はありとあらゆる物を盗みました。玩具、漫画、CD、食品から日用品に至るまで――、信じられないかもしれませんが、私は家電量販店でオーディオ・コンポすら盗んだことがあります。台車にコンポの収まった段ボールを載せ、素知らぬ顔で、さも購入した商品かのように、そのまま店外へ出るのです。次第に私の部屋は盗品で溢れていきました。あまりに部屋に物品が増えると、父母に怪しまれます。幾らかは売り払い、また幾らかは投棄し、幾らかは返却しました。考えてみれば、私は一度盗んだ物に対して、全く関心を払っていませんでした。

　そしてある日、リサイクル店へ盗品を売りに行ったときです。随分と査定に時間が掛かるものだと訝っていたら、警察官に肩を叩かれました。複数の同一商品や、新品同様の商品を頻繁に売りに来るので、店員に目を付けられていたのです。私自身、宝物を窃盗する現場ではなく、瓦落多を処分する場で、御用になるとは想定外でした。

今にしてみれば、現行犯ではないので言い逃れもできたかもしれません。しかし十代の少年が、警察官特有の穏やかな脅迫に抗えるはずもなく、私はあっさり自白しました。

店側の配慮もあり、高等学校への連絡はありませんでした。一方で親には連絡がいきました。夕方過ぎ、母が迎えにきました。母は目尻の皺(しわ)の辺りを手布で頻りに拭いながら、いずれこんなことになると思っていた、力なくそう洩らしました。記憶にないのですが、私は幼少期に、よく母の口紅やら、下着やら、生理用品やらを盗んでは、自室に隠していたというのです。なぜそんな行為に耽(ふけ)っていたのか、私にも理解できません。警察官と年若い店主の前で、母は俯(うつむ)いて小刻みに肩を震わせていました。目尻ばかり手布で擦っていたので、鼻梁を伝う涙は一向に拭われておらず、それは鼻先から雫(しずく)になって事務机へと落ちていきました。

私はこの一件に懲り、盗みを止めました。次に逮捕されると間違いなく高校は退学——、少年院へ送致されます。或いは母の鼻先から落ちる雫が、私を自省させたのかもしれません。しかし人間から欲望が消失することはありません。性犯罪者は性犯罪を繰り返すと言いますが、私もまた常に窃盗衝動に駆られていました。玩具店で新作商品の棚卸しを見かけたときは眩暈すら覚えました。そういうとき、私は腕を嚙みました。内出血するまで嚙みました。次第に私の腕は、青紫色の楕円形で埋め尽くされていきました。

　高校三年の夏になると、私は予備校に通いながら、本格的な受験勉強に取り掛かりました。ご存知の通り、夏は受験の天王山です。父は慶應で、母は早大でしたので、私もそのどちらかへ進学することが、当然であるかに考えられていました。猛暑と半ば強制的な勉学は、私の窃盗衝動をむくむくと肥大させました。その頃には油蟬の鳴き声すら私の情慾を刺激しました。もはや〝私達を盗み出して〟などという囁きではなく〝汝盗みをせよ〟という脅迫でした。何らかの薬物によって、窃盗衝動が抑制されることを期待し、近所の内科を訪れました。初老の内科医に、泥棒を治す薬なんてありゃせんよ、と簡単に告げられ、私は言葉を失いました。私は一生、内奥に渦巻く自身では処理のしようもない暴力と対峙せねばならぬのでしょうか——、そんなとき、私を救ったのは、或る菓子でした。

　この江崎グリコ株式会社が生み出した素朴なしかし類稀な銘菓、ビスコの、檸檬(レモン)クリームの甘く懐かしい香りを鼻腔に覚えたとき、私は自身の窃盗衝動が和らいでいくのを、確かに感じました。それは私にとって、苦痛が和らいでいく事と同義でした。私に必要なものは、薬物でも心理療法でもなく、ビスコでした。私がひたすらにこの菓子を口にするのは、そこに母親の愛情を見出しているからである、と想像することは容易でしょう――、しかし私自身にそのような認識はなく、私はひとえに自身の或る嗜好を満たすことによって、別の嗜好を薄めているものと考えます。そしてあなたがたが向精神薬を溜め込む癖があるように、私には自宅に何箱ものビスコを溜め込む癖があります。

爾来（じらい）、私が盗みを働いたことは、神仏に誓って、一度たりともありません。


杏子の司会によって朝の会が終了すると、ビスコが発表者から提出された用紙を日曜日の人々（サンデー・ピープル）へ加えていく。最後に綴り紐を蝶々の形に結び、日曜日の人々を鍵付の硝子戸棚へと戻した。未だ入会して半年が過ぎていないので、僕がそれを読むことはできない。

「日曜日の人々には、吉村さんの朝の会も収録されているんですよね？」

「どうでしたかな――、いかんせん初期の朝の会は、一部が盗まれてしまいましたからな」

「盗まれた？」

ビスコは孫の手で背中を掻きながら、

「まったく誰が盗んだのか、人の物を盗むだなんて、甚(はなは)だ、けしからんことです」

その夜、再び吉村と二人きりになる機会を得た。機会を得たというよりは、自分で意図してそういう状況を作った。吉村は皆が帰宅した後も、寝室で事務仕事をしていることが多い。その日も事務机に向かって算盤を弾いていた。あるいはまた数字を足し引きする基礎練習をしているのかもしれない。僕はいかにも手持ち無沙汰を装って、楕円卓の前で胡座(あぐら)を組んで携帯電話を弄っていた。

吉村は一度席を外すと、コップを片手に居室へと戻ってきた。そのコップを窓棚の水仙の鉢植えへと傾ける。水仙はとっくに花を落とし葉も枯れ始めていたが、今のうちに水を与えておくと球根の栄養になるらしい。水仙は敦子さんという人が育てていたのだと聞いたが、磯部が存命だった頃の初期の会員なので僕はよく知らない。吉村が事務机へ向かうと、再び算盤の珠を弾く音が小気味よく響き始める。

「航君はどうしてレムに来たの？」

「正直に言ったほうがいいですか？」

「僕の単純な好奇心だから。気にしなくてもいいよ」

「母が自殺したんです」

「じゃあ自死遺族ということになるね。それでうちに来る人も沢山いるし、ごく一般的なことだよ。遠慮せずに、朝の会に参加してみるといいよ」

「一般的とは？」

「誰にでも起こりうるという意味で」

「身近な人間の自死を経験するなんて、ごく限られた者にしか起こりえないと思いますが」

「まさか」

吉村は算盤を弾いていた手を止め、こちらを向いて苦笑した後に、

「一人の人間が自死すると、家族、親族、恋人、友人等々、深い傷を負う遺者が最低十人は生まれる。自然死と自死は別物だよ。自然死の傷は一年で治癒するが、自死の傷は十年は掛かる。統計から換算すると、三万×十×十で、自死遺者は現状で三百万人以上になるね。風邪でもひくように、誰にでも起こりうる。ちなみに〝自死遺者〟

という言葉は、磯部さんが死んだときに僕が作った造語だよ。磯部さんの死によって、僕も自死遺者に該当するわけだ。インフルエンザの死者が年間一万人というから、予防接種より自死予防、自死遺者も明日は我が身ってね。特に航君は自死遺族に該当する訳だから、気をつけたほうがいい。近親者が自死すると、遺された者の自死率は何倍にも跳ね上がるというから」

吉村は指を滑らせて算盤の珠を弾き上げる。再び小気味よく珠を弾く音が響く。僕は網籠へ手を伸ばし、ポテトチップスの袋を手に取る。袋を抱えて、暫く無言でポテトチップスを頬ばっていたが、次第に胸が激しく上下し始め、喉が震え、意図しない声まで洩れ始める。

溢れた涙は、ポテトチップスの袋の中へ、音を立てて落ちていく。自分の身に何が起こっているのか理解できない。気づくと部屋から算盤の音が消えていた。吉村が向かい側に座り、楕円卓の上にティッシュボックスを置く。

「不遠慮に君の心に立ち入ってしまったようなら、謝るよ。お詫びと言ってはなんだが、僕の心の私的な部分を吐露するよ。これは杏子しか知らない。僕は途中から、磯部さんと同棲していたんだよ」

「つまりどういうことです？」

「つまり恋愛関係にあったということだよ」


翌日の月曜日は朝から雨が降った。いかにも梅雨らしい、一定の強さで長い時間を掛けて降る生温かい雨だった。窓の隙間から、その雨と曇空と濡れた樹木を見る内に、傘を差して大学へ行くのが億劫になり、僕は授業を欠席した。朝食を済ますと、床に座り込んで、雨音を聞きながら古書の束を麻紐で括っていた。

昨年の秋学期もやたらと雨音を聞いた。学食の大きな窓硝子の向こうの曇天を眺めながら、奈々と昼飯を食うことも多かった。僕はカレーばかり食べており、奈々はミートソース・パスタばかり食べていた。

やはり僕には、千倉で接していた幼少期の奈々と、今現在の奈々が別人に思えることがあった。地元の八街の成人式で、僕は数年ぶりに中学時代の同級生と再会しているが、確かに何人かの振袖姿の女子は別人に変貌していた。それと同じことだろうか――。

「コウちゃんは、誕生日のプレゼントに何が欲しい？」

十一月が過ぎる頃に奈々に訊かれた。特に欲しい物品はなかったので奈々に任せた。奈々からもらった贈答用の平らな紙箱を開くと、レジメンタルの臙脂のネクタイが納まっていた。来年の今頃には必要になるでしょう、と奈々は母親の口調で言った。生まれた日は三ヵ月しか変わらない癖に、奈々はときに年上ぶることがある。僕にはそれが不服だった。

だからかもしれない。あるいは戸外の雨音が、波音のように聞こえたからかもしれない。大学からの帰路、僕の部屋で雨宿りをしていった奈々と、強引に唇を重ねた。一瞬、奈々は肩を強張らせたが、それでも瞳を瞑り唇を緩めたので僕は自信を得た。カットソーの裾から腕を入れても抵抗はない。でもそれを脱がせようとすると、下腹部の辺りで衣服を押さえた。奈々は俯いたまま、戸惑ったような微笑を浮かべていた。奈々の当惑の理由は僕にも理解できた。もし奈々が近親者でなければ、その表情も合意と見て、僕は彼女の衣服を剝いでいただろう。

以後、授業後に何かしら理由をつけて、奈々を部屋に誘った。何度目かに奈々のパーカーを脱がせたとき、彼女の左腕に並ぶ白い痕に気づいた。それがどういうことかも、それで死に至ることはないことも、報道番組で知り得ていた。僕は見て見ぬ振りをして、奈々の腰に腕を回した。通り一遍の慰めの言葉は意味を成さないどころか、状況を悪化させる気がした。そもそも恋人でもないのだから、私的な部分に干渉するべきではない。しかし恋人でもなく、奈々の乳房や太腿に触れ、唇を重ねている自分は、いったい何者だろうと考えもした。

そしてある日、乳房の上に伸びた数本の白い横線を見つけた。触れてみると、肉の上に確かにざらりとした凹凸が感じられる。腕ならともかく、どうしてそんな場所に傷をつけるのか理解できない。僕は途端に、正体不明の苛立ちを覚えた。

「こんな所に傷をつけたら駄目じゃないか」

奈々は最初、自分が何を言われているのか分かっていなかった。僕の目線を辿り、ようやく自分の乳房を見遣り、その白い傷痕の上を指の先でなぞった。その仕草に、僕はまた苛立ちを覚えた。

「親からもらった大事な身体だろう」

すると奈々は自身の乳房を押さえ、くすりと笑って、

「コウちゃんは、お兄ちゃんに少し似ているね」

お兄ちゃんというのは、つまり和彦のことだ。一人っ子の奈々は、兄か弟が欲しい

と子供の頃によく洩らしていた。だから伯母の再婚を聞いたとき、奈々は新しい家族ができて喜んでいるだろうと思った。

秋学期が終わる迄、似たような戯れを続けた。お互いの関係を明確にする必要があると、感じてはいた。奈々からは何も言い出さないので、そこに甘えていた。奈々は相変わらず曖昧な拒否を示しながらも、結局は行為を受け入れていた。つまりは女子としての、体裁上の拒否なのだと思った。そうこうしている内に春期休暇を迎え、奈々は秦野に帰省した。次年度の授業が始まるまでは、実家で過ごすという。秦野という街を僕はよく知らない。相模湾から遠くない場所にあるというが、四方を山稜で囲まれているせいか、海の気配は殆どないのだと聞いた。

奈々と逢わない期間が続くと、逆に僕の意志は固まった。鈴木の言う通り僕たちは結婚もできる間柄なのだ、彼のように楽天的に物事を考え、困ったときはその場でまた考えればいい。授業が始まり奈々がマンションへ戻ったら、僕は彼女に、自分の意志を告げるつもりでいた。

春期休暇中に、僕は一度だけ奈々と会っている。この期間に大学で行われるTOEICの試験に、奈々から誘われていた。英語科事務室で通常より安く申込ができき、試験も一号棟の教室で受けられる。それで僕は鈴木も誘った。僕も鈴木も大して勉強をしなかったので、試験の出来は芳しくなかった。

試験後に一号棟の広い廊下で、久しぶりに奈々と会った。奈々は同じ学部の、結愛(ユア)という女子学生と一緒だった。その後に四人で学食へ行き、昼食を摂った。折角だからどこかで遊んで帰ろうなどと話していたら、鈴木が、じゃあバドミントンをやりましょう、などと言いだした。鈴木は殆ど授業には来ない癖に、なぜかバドミントン愛好会に在籍していた。それで誰も居ない体育館で、二時間ほど四人で羽根を打ち合った。

当の鈴木は大して上手くなく、結愛は体力がなく、僕は素質がなかった。奈々だけが、潑剌(はつらつ)とラケットを振っていた。髪を一つ縛りにしている奈々は、袖で額の汗を拭い、

「たまには身体を動かすと、気持ちいいね」

そう言って屈託なく笑い、ふと千倉で遊んでいた頃の奈々を想起した。考えてみると奈々はテニスの経験があるので、ラケットの扱いは得意なのかもしれない。帰路、皆が空腹を覚えて駅前通りのマクドナルドに寄った。奈々に至ってはダブルチーズバ

ーガーなど頬ばっていた。春学期が始まったらまた四人で遊ぶ約束をして、改札前で別れた。奈々と結愛と鈴木は実家へ帰るので、僕だけが学生マンションへと引き返した。夕景の帰路を辿りながら、夏頃にこの四人で川遊びができるキャンプ場にでも行く未来を漠然と想像した。

遺体状態が悪かったのか火葬後の葬儀だったゆえに、この日が奈々の姿を見た最後になる。

*

バスは関越自動車道を北西へと進んでいた。都心部を離れるに連れ、ビルや住宅は疎らになり、夏の葉が青々と茂る山林が続く。毎年七月にレムではワークショップが開かれており、今年は長野の菅平高原に一泊する。参加者は十三名。藁半紙でしおりまで作られている。遠足みたいで楽しみだなぁ、と杏子は洩らしていた。私、林間学校は仮病で休んで、修学旅行は仮病で休んで、文化祭も体育祭も仮病で休んでいたから、こういうのは初めてなんだ——。宿泊所に着いた後に点呼をして、駐車場で記念撮影をした。カメラに向かって皆がピースサインを作る姿を見て、確かに僕も小学生のときの遠足を想起した。

昼食後に根子岳登山が行われた。山道へ入るまではなだらかな高原が続き、木柵の向こうでは何頭かの牛が牧草を食(は)んでいた。抑うつ症の横田は、牛なんて十三年ぶりに見たなぁ、牛は本当にモーと鳴くのだなぁ、とよく分からないことを洩らしていた。それを聞いたビスコは、これから登る山稜を指さして、根子岳は四阿山(あずまやさん)と並んでいるので、二つの山頂が猫の耳のように見えるのです、だから根子(ネコ)岳と呼ばれるようになったのです、と嘘か誠か分からない蘊蓄(うんちく)を述べていた。

高原を抜け、岳樺(ダケカンバ)の自生する登山道が見えてきた辺りで、杖をついて歩いていた数人の摂食障害者は脱落していった。残った会員は、左右に夏草の茂る登山道を進んだ。路傍では蘭やアザミが薄紅の花を咲かせている。とある一帯では、黄色の火花を散らしたかの鮮烈な花が群がっていた。黒いアゲハ蝶がその花弁の周囲を飛び交い、翅(はね)に虹色を持ったまた別のアゲハ蝶は蜜を吸っている。

葉は蕗(フキ)に似ていますが毒があるので鹿すら食べませんな、とビスコが横田にまた説明をした。それを聞いた横田は、鹿と言えば十年前に奈良公園で見たなぁ、煎餅を旨そうに咀嚼（そしゃく）していたなぁ、とまたよく分からない返答をした。いずれにせよ随分と草花の多い登山道だと思った。

　蛇行する山道を一時間ほど登ると、次第に樹木が途絶えていく。その辺りが森林限界で、背の高い樹木は育つことができない。岩場が目立つようになるが、それでも高山植物は一定のまとまりを持って斜面に生い茂っていた。夏草に交じって、紋白蝶（モンシロチョウ）の翅に似た花弁が至る場所で青空を仰いで揺れており、額にタオルを巻いた年配の登山客が、峰薄雪草（ミネウスユキソウ）というのだと教えてくれた。

　僕は草地に転がる手頃な岩に腰を下ろし、喉を鳴らして水筒の冷たい水を飲んだ。登山道の下方から、杖をついて歩いてくる小学生の姿があった。よく見るとひなのだった。ひなのは頬を伝う汗を拭うのも忘れた様子で、真っ直ぐに前を向き、目の前にいる僕の姿にも気づかず、杖を次の斜面へと差した。だから僕は彼女に声を掛けられなかった。

　更に十五分ほど登山道を進むと、辺りの眺望が開けた。山裾に広がる原生林を、薄雲の下方に眺めることができる。遠くには北アルプスのものだろう険しい稜線が、碧（へき）空（くう）を背景にいくつもの鋭角を作っていた。山頂の一角には石の祠（ほこら）が建っている。祠の前で、ひなのが手の平を合わせて目を瞑っていた。祈りを終えて振り返ると、僕の姿に気づいた。石礫(せきれき)の多い地面に杖を差して、歩きにくそうに僕の傍までやってきた。

「登山道へ入る手前で、引き返したのかと思っていたよ」

「山頂からの景色を見ておきたかったから。それに、帰りはおんぶしてもらおうと思って」

「誰に？」

「航君に」

それで帰路は、ひなのを背負うことになった。大丈夫？　重くない？　と彼女は訊いてきたが、僕は殆ど重みを感じていなかった。人間の形をした空洞を背負っているようだった。本当に僕の背にひなのが居るのか、振り返って確認するほどだった。すると顔のすぐ近くで、ひなのが丸い瞳でこちらを見ており、慌てて前を向く。花の匂いを覚える。それは山裾に咲く花の匂いではなく、彼女の髪の香りであることは分かっていた。空気が澄んでいるので、何にも邪魔されない芳香を僕は鼻腔に覚えていた。

高原地帯までくると、もう大丈夫と言って、ひなのは背から降りた。杖をついて、おぼつかない足取りで草地を進んでいく。夕闇に沈んでいく草原の中には、沢山の牛の黒いシルエットが見えた。どの牛も真横を向いて、不思議と置物のように静止していた。

夜――、夕食後に民宿近くの広場で、キャンプファイヤーが行われた。吉村が夕刻に、薪で土台を作っておいたという。なぜか僕は吉村に、〝火の神〟の役を任せられた。火の神を模したという狐に似た御面を被り、松明で木組に火を灯す役だった。皆が広場へ着くと、杏子の司会で火の儀が始められた。

「皆さん、おはようございます。日直の杏子です。今日は朝の会ではなく、火の会になりますね。輪になって語ることと、輪になって踊ることは似ていますね。参加者は十三名です。私はこれまで、皆で何かをするという経験が殆どなかったので、先ほど蛙の鳴く畦道を歩きながら、胸がドキドキして少し泣いてしまいました。もし私が完遂してしまう日が来たとしても、今日の日のことは忘れないと思います。それでは火の会を始めます。火の神様が点火してくれるので、皆さん厳粛に迎えて下さいね」

僕は火の神の面を被り、松明を持って広場の中央を歩いた。面をしているので、周囲はよく見えないが、皆の視線を背に感じていた。松明を頭上へ掲げた後に、土台へと差し入れる。瞬く間に火は薪へと広がり、夜闇の中に赤い火柱が昇った。

　人々は火を囲んで手を繋ぎ、マイムマイムを踊った。僕も火の神の姿のまま、少しばかり宴に参加したが、途中で気恥ずかしくなり、輪から抜けた。丸太ベンチに腰を下ろし、御面を頭の上へ持ち上げる。

　吉村も、ビスコも、ひなのも、杏子も、横田も、その他の人々も、お互いに手を繋いで輪になって、ゆっくりと時計回りに動いていた。彼らの背後では、長い影も一緒に動いていた。焰（ほのお）に照らされた茜色の地面で、影は不規則に伸び縮みを繰り返す。土台で薪が弾け、無数の火の粉が闇の中へ舞い上がる。

　輪から抜けたビスコがやってきて、僕の隣に腰を下ろした。蚊に刺されたらしく、脛にキンカンを塗りながら、またよく分からない薀蓄（うんちく）を述べていた。――世界で人間を最も殺す生物は蚊だそうですよ。マラリヤやらデング熱やらで年間七十万人ほど死ぬそうです。戦争や殺人で人間が人間を殺すのは、近年五十万人前後で推移していると言いますから、まったく、羽虫も侮れぬものです。しかしもう少し考えると、自死者の数は世界で年間百万を超えますから、最も人間を殺しているのは、私に棲む

〝私〟になりますね。

ビスコと入れ替わりで、今度はひなのがやってきて丸太ベンチに腰を下ろした。ひなのは炎にやや上気した顔で、火を囲む皆の姿を眺めていた。

「こうして最後に皆とキャンプファイヤーができて良かったな」

「最後に？」

「私は八月で居なくなっちゃうから」

マイムマイムは滞りなく続いていた。人々の輪が炎へと近づき、炎から離れ、手拍子が響く。ひなのは木の枝で、地面に何やら絵を描いていた。丸の中に、二つの点、小さな口に、長い耳——、それは僕たちが子供の頃に流行したキャラクターだったが、名前は思い出せない。

「三十五キロを切ったら入院するって、田村先生との約束だから」

彼女の体重がそんなに落ちていることを、初めて知った。

「迷惑じゃなかったら、ときどき航君に、メールで朝の会をしてもいい？」

メールをもらうことなど一向にかまわなかったが、ひなのが、怯えた表情を浮かべて、縋るような瞳で訊くものだから、僕も神妙な顔で、いつでもメールしてかまわないよ、そう答えた。するとひなのは暫く僕をじっと見つめた後に、二三度、強く瞬きをした。俯いて、描き途中だった絵を、枝の先でぐしゃぐしゃと消した。そこへ首に派手な色のタオルを掛けた吉村がやってきて、

「高原とはいえ夏は暑いし、火の周りは熱いし、踊ると余計に暑いね」

よく見ると吉村は全身汗だくになっていた。灰色のシャツは腋の下から汗でぐっしょりと濡れ、染みは腹や胸にまで広がっている。それを見たひなのは、吉村君、一人でサウナでも行ってきたの、とけたけた笑った。吉村は不服そうにひなのを一瞥した後に、

「で、そろそろ火の神に鎮火の儀を執り行って欲しいんだけど」

何をすればいいのか訊くと、焚火から松明へ火をもらい、その炎を掲げて皆に啓示を述べるのだという。

「啓示は何を？」

「火の神として、それらしいことを言ってくれればいいよ」

そう言い残すと、吉村はタオルで短髪をごしごしと拭いながら去っていった。俄(にわか)に緊張を覚えた。火の神として何を言えばいいのか見当も付かない。杏子の司会によっ

て鎮火の儀は進められ、早々に僕の出番が訪れる。再び火の神の御面を被り、皆が注目する中を歩き、キャンプファイヤーの残り火を松明へ移す。土台は消火され、一本の松明の灯だけが残る。その松明の灯を夜闇へ掲げて、

「火の儀式はこれにて終焉となる。焚火を囲むことによって、皆の心も一つになったであろう。炎はこうして消えていくが、今日の篝火(かがりび)が、皆の心の中に残ることを祈っている」

小さな拍手が起こり、今日の日はさようならが唄われ、やがて最後に残った松明の火も、バケツの水の中でじゅうと音を立てて消えた。

*

春学期の講義をすべて終えた後に、十日ほど帰省した。すでに休学の件が発覚していたので、両親には酷く叱責されるものと考えていたが、逆に気遣われた。どうも両親は、奈々の件を気に病んでの休学だと勘違いしていた。

考えてみると、僕はこの件で人に気遣われてばかりいた。父母や伯父伯母に気遣わ

れ、友人に気遣われ、あの中年の警察官にも、殆ど形式上かと思われる簡単な聴取の後に、まぁ気を落とさずに、そう気遣われた。そしてふと、春時雨の軒下に見た和彦を思い出した。彼だけが僕を気遣うことはなく、しかし責めもせず、ただ頻りに手布(ハンカチ)で口元を拭っていた。

帰省中は母が朝昼晩と食事を作るので、僕はこの間にまた一キロ体重が増えた。一人暮らしを始めてからというもの、帰省すると母はやたらと僕に飯を食わせるのだった。中高時代の友人等とも久しぶりに再会した。僕が当時交際していた同い年の彼女が、十歳上のファミレスの副店長と結婚したという。友人等には冷やかされたが、僕はむしろ懐かしさを覚えていた。彼女とは、僕が大学進学して八街を離れてから上手くいかなくなった。毎日逢えないと寂しいから無理、と泣かれて振られたのだった。

両親が千倉へ帰省する数日前に、僕は学生マンションへ戻った。千倉の海など見たくはなかった。マンションへ戻る前日、僕は母とちょっとしたやり取りをしている。母は千倉で伯母に会うだろう。だから居間で裁縫をしていた母に向かって、

「奈々の死体検案書が見たいんだけど」

母は洋針と手縫い糸とを持ったまま暫く固まっていたが、何やら一人で頷いた後

に、

「お母さんは、もうそういうのは見ない方がいいと思うんだけど」

確かにその通りかもしれない。僕もまた一人で頷いて居間を後にした。

八月半ばからは、尚人の母親の要望もあって、家庭教師の曜日が増えた。冷房の効いた尚人の部屋で、夏休みの宿題である英語のワークやら数学の問題集やらを見てやった。尚人の部屋には三段組みの大きな本棚があり、その殆どが漫画だった。

休憩時間に、尚人は今流行の漫画などを教えてくれた。本棚には僕も知らないような古い漫画もある。何でも父親のお下がりなのだという。尚人はその中の〝ツルモク独身寮〟なる漫画のあるページを開いて、お父さんは新人類なんだよ、などと洩らしていた。それを言うならば僕にとっても、尚人は新人類なのだった。

帰省や家庭教師があったので、八月に寝室を訪れたのは一日だけだった。月半ばの、油蟬がけたたましく鳴くその土曜日、吉村は朝の会が終わった頃に、紙袋を抱えて寝室へやってきた。吉村が室内へ入ると、甘い香りが漂った。浅草から、有名店のあんぱんを買ってきたという。吉村はタオルで顔の汗を拭いながら、

「テレビで特集されていて、美味しそうだったからね」

楕円卓の周囲に座る皆に、あんぱんが配られていった。杏子が人数分のグラスを持ってきて、冷たい麦茶を注ぐ。パン生地を裂いてみると、ホイップバターと粒餡が入っていた。一口頬ばると、バターの香りが鼻腔を抜け、甘い餡が胃袋に落ちていく。ビスコと横田は、いつかと同じようによく分からないあんぱん談義をしていたが、食べ始めると無言になった。楕円卓の端では、珍しくひなのも、パン生地を少しずつ千切って口へ運んでいた。午後四時というのは、人間が健康的に空腹になる時間なのかもしれない。

吉村は事務机の向こうで微笑を浮かべ、父親の顔で、あんぱんを頬ばるレムの人々の姿を眺めていた。不意に訪れた甘味を堪能する皆よりも、満たされた表情に見えた。こういうとき、僕は彼を許してしまいそうになる。許してしまう——？　僕自身、いったいこの男をどうしたいのか分からなかった。

その理解できない感情に、苛立ちを覚えていたのかもしれない。その夜、皆が帰宅したあとに、吉村の私的な部分について率直に訊いた。

「吉村さんは、いつから男性を好きになったんですか？」

吉村は特に慌てるでもなく、算盤から顔を上げ、顎鬚を撫でながら、

「子供の頃から、素養はあったのかもしれないね。僕は中高と男子校で、当時は痩せていて、自分で言うのもなんだけど、なかなか端正な顔立ちの少年でね、級友に悪戯されることもあったけど、正直悪い気はしなかったな。でも恋愛にまで発展したのは、磯部さんが初めてなんだよ」

「どこに惹かれたんですか？」

「力になりたいから、守ってあげたいに至るまで、そう時間はかからなかったな。でも、愛は理屈じゃないからね。航君は、ひなのちゃんと上手くいってるの？」

「は？」

「あれ、違うの？　おかしいな、僕の勘は――、まぁ、あまり当たらないけど」

結局、僕は余計に自分の感情がよく分からなくなったまま、寝室を出てコンビニへ向かった。夜風に当たりながら缶コーヒーを飲み、頭を冷やしたのちに、寝室へ戻る。と、部屋の中央で、吉村が腕開きと股開きを繰り返しながら、胸の贅肉を揺らして飛び跳ねていた。

「何をしてるんです？」

驚いて訊くと、吉村は動きを止めて、肩で息をしながら、

「何って、エクササイズだよ。あんぱんを二つも食べたからね。会社の健康診断で、肥満度判定Dをもらっているし」

「就寝中に吊りたい人間が、健康を気にするんですか？」

「そりゃ気にするよ。眠るように死にたい人間はたくさんいるけど、糖尿病になりたい人間なんていないからね」


八月末の水曜日、一ヵ月ぶりにひなのが昼食を作りに部屋へきた。その日は手際よく麻婆丼を作った。出来映えを褒めると、彼女はまた八重歯を見せて笑った。昼食後、ひなのはいつものように午睡していたのだが、僕も古書を片手に眠ってしまい、気づいたときには午後三時を過ぎていた。

授業に間に合わなくなると思い慌ててひなのを起こすと、彼女は寝惚け眼を擦りながら、航君、寝惚けているの？　今は夏休みだよ、と答えた。確かにその通りだった。してみると、なぜひなのはわざわざ僕の部屋に来たのだろう、こちら方面に何か用事でもあったのだろうか。

その後、昼寝後の気怠さも手伝って、僕たちは無言でテレビを観ていた。チャンネルを回してみるが、この時間帯は、古い映画や、十年も前のドラマの再放送など、特にめぼしい番組はない。

ひなのは帰る素振りをみせない。それで夕食に誘ってみたが、気が進まないという。じゃあゲーセンでも行く？　と試しに訊いてみる。駅前通りにゲームセンターがあるのだが、いつも素通りするだけで、入店したことはない。そもそも僕はゲームに興味がない。だから、じゃあゲーセン行く、とひなのに答えられて、困ったのはむしろ僕だった。

夕方のゲームセンターは部活帰りらしい高校生で賑わっていた。僕たちも少し前までは高校生だったが、それはもう遠い昔の出来事に思えた。二人で一通りゲーム機を見て回ったものの、何をすればいいのかよく分からない。メダル落としあたりが無難かと考えて隣を見ると、彼女の姿はなかった。

振り返ると、ひなのはクレーンゲーム機の前で足を止めている。手の平をゲーム機の硝子に押し当てて、箱の中を覗いている。ぬいぐるみの山の途中を指さして、あれが欲しいから取って、と洩らす。三十センチ程の茶色いクマのぬいぐるみだった。でも僕に取れるわけがない。

硝子に押し当てた手の甲には、やはり二つの桃色の斑点が落ちている。桃色の斑点の向こう側に硝子があり、硝子の向こう側でぬいぐるみは寝ている。僕は途端に、胸の中で迫り上がってくる、焦燥にも似た熱っぽい感情を覚え、千円札を両替機へ突っ込んだ。

アームが緩いのか、仕様なのか、ぬいぐるみは持ち上がっては落ち、持ち上がっては落ちを繰り返した。それでも二千円を使う頃には、大分、穴の側へと近づいた。アームが首根に引っ掛かったとき、起き上がるようにしてぬいぐるみは立ち上がった。そこでまたアームが外れたが、ぬいぐるみは前方に倒れて山を転がり穴へと落ちた。結局三千円を要したので、買ったほうが安かったかもしれない。

ひなのはそのぬいぐるみを、赤子でも抱くようにして両腕の中に収めた。考えてみれば、ひなのに食費を支払ったことがないので、これくらいの出費は丁度いいのかもしれない。

ゲームセンターを出ると、街路の遥か遠くの電線の向こうに、朧気（おぼろげ）に滲んだ茜色の太陽が見えた。あと半時もしない内に、それは街並みの向こうへ沈むだろう。そしてふと、ひなのが言ったように、今が夏休みであることを思い出した。だからかもしれない。駅までひなのを送る際に、僕はわざと遠回りをして、土手沿いの桜並木を歩いた。

その道すがら、気づくとまたひなのは隣から居なくなっていた。十歩ほど離れた場所にしゃがみ込んで、道路が熱くなってるよ、などと洩らしている。ぬいぐるみを左腕に抱き、右の手の平をぺたりとアスファルトへ付けていた。その子供の仕草に、僕は溜息を洩らした。でも結局は僕も気になって、アスファルトに左手を当ててみた。

確かに道路は熱を持っており、人肌に近い温かさがじわりと手の平に伝わる。辺りが涼しくなってきたせいか、そのぬくもりが心地よい。どこかの木立で蜩（ヒグラシ）がカナカナと鳴き始める。郵便バイクが土手下の街路を通り過ぎていく。僕たちは十歩離れた距離で沈黙したまま、長いことアスファルトに手の平を当てていた。

＊

九月の最初の日曜日、三週間ぶりに寝室を訪れた。月会費を支払い、そして日曜日の人々（サンデー・ピープル）の閲覧が許可された。吉村が小さな鍵でガラス戸の扉を開け、僕に冊子を手渡した。学校の出席簿でよく使われている、Ａ４サイズの黒い綴込表紙の冊子――、表紙には手書きで〝日曜日の人々〟と記された白いシールが貼ってある。収録されている朝の会は、二百ページ以上にも及んでいた。ときに会員が口にしていた、テル君、敦子さんといった、今ではもういない人の朝の会も収録されている。僕は吉村の朝の会を探したが、あるページで手は止まった。顔を上げて室内を見渡す。すでに会員は帰宅しており、吉村が事務机で算盤を弾いているだけだった。その小気味よい算盤の音を聞きながら、僕は日曜日の人々を読み始めた。

「オルゴールと臍帯（さいたい）」　ナナ

人間は穴を開けられると血が出ます。私は鮮血を手の平ですくいながらも、痛みがないことが不思議でした。それは人間として、というよりも、生物として矛盾しています。私は掘削にさしたる抵抗もせず、ただ曖昧な笑みを浮かべるばかりでした。その脆（もろ）過ぎる抵抗は、彼からしたら合意の上の遊戯にしか映らなかったことでしょう。

Aもまた微笑を浮かべ、大人の骨張った大きな掌で、私に触れるのでした。そうして私はただ、無感覚に穴を開けられる日々を過ごしました。でも哀しいことに、私もやはり生物でしたので、穴の中に新しい生物を宿しました。

次第に生物は私の中で動き回るようになりました。内側から私の下腹を押してくることもありました。私はそういうとき、臍の上に手の平を当てて、心をこめて言いました。臍の緒を通じて、私の言葉が、生物に届くと思ったのです。——あなたは要らない子だから、この世に出てきてはダメよ、誰もあなたを愛していないから、この世に出てきてはダメよ、もしこの世に出てきたら、あなたはどうなると思う？　あなたは公園の屑箱の中で息絶えて、そのままゴミと一緒に腐敗していく。あるいは生きたまま、便器から流される。だからあなたは、この世に出てきてはダメよ。

その頃、Aは長期の出張で不在でした。二ヵ月ぶりに家へ帰ってきたAが、私を掘削しようと、私の衣服を捲ったとき、私の腹の異変に気づきました。Aはひどく狼狽しました。私のベッドから降りると、額に手の平を当て、頻りに頭を振りました。裸でそんなことをしているので、滑稽にも見えました。私は初めてAの人間的な部分を垣間見て、彼に好意を抱いたほどです。

翌日、Aに連れられて病院を訪れました。健康保険を使わなかったので、随分と高額な医療費が請求されました。すべてAが支払いました。あと数週が過ぎていたら、穴の中の生物を合法的に取り出すことができなくなっていたそうです。私はそんな法律があることを知りませんでした。帰路の車中、Aは血走った瞳でミントガムを何粒も食べていました。口に入れては吐いて、口に入れては吐いてを繰り返していました。ぶつぶつ独り言を洩らしながら、車のハンドルを拳で叩くこともありました。私はまた少し、Aに好意を抱きました。信号待ちの間、助け船を出す意味も込めて、いつ生物を人工的にこちら側へ堕とすのか尋ねました。すると私は頭を強く撲(ぶ)たれました。

「お前はなんて恐ろしいことを考えるんだ、もし同じことをされていたら、お前も俺もこの世界に居なかったことになるんだぞ！　やっていい事といけない事の区別もつかんのか！」

そう叱られて、私は頭を押さえて涙を流しながらも、ある種の快を得ていたことは否めません。私は啜り泣きながら、じゃあこの後はどうするの、そう尋ねました。それに対するAの返答はありませんでした。そして彼はまたハンドルを拳で叩きました。

私はその日から、より一層強い想いで、願掛けでもするように、毎日毎日、臍の上に手を当てて、生物に話しかけました。あなたは産まれてきてはダメよ、あなたは要らない子だから、産まれてきてはダメよ――、そして私の祈りは成就されました。Aに連れられて再び病院を訪れたときです。生物の心音が止まっていました。医師はエコー画像を見ながら、あまり例のないことだと驚いていました。〝臍帯巻絡〟と言い、臍の緒が生物の首根に巻き付き、酸素欠乏で死亡した可能性が高いとのことです。それを聞いて、やはり私の祈りが天に届いたのだと確信しました。

その頃、両親は伊豆へ三泊ほどの旅行へ出かけました。後になって知りましたが、それはAがプレゼントしたのだそうです。両親の旅行と同じくして、私はAに再び病院へ連れていかれました。前回訪れた病院ではなく、自宅から随分と離れた距離にある、東京の西の外れの病院でした。病院玄関の脇に小作りな藤棚があり、藤が二三の花房を垂らしていたことをなぜか覚えています。私はそこに入院し、穴の中に、何か棒状のスポンジのようなものを何本か突っ込まれました。Aの掘削に平気だった私が、このときは膝が笑うほどの痛みを覚えました。

その翌日、穴から棒状の物を引き抜かれ、今度は数時間おきに錠剤をねじ込まれ、波のように訪れる下腹部痛に堪える時間が続きました。膝が笑うどころか私は何度か意識まで遠のき、そのまま魂の線がぷつりと切れるのではないかと思いました。私はその痛みの中で腹部を押さえながら、なぜか、赤いゴム風船を手に持ったのっぺらぼうの女児の姿を思い描いていました。やがて彼女が手を放し、風船が空へ放たれ、すると私の想像は途絶え、いよいよ失神しかけた頃に生物は体外へ排出されました。苦痛から解放された私は、安堵の涙を流しました。その涙を拭おうと目頭や頬に手の平で触れてから気づきました。私の瞳からは、一滴も涙など零（こぼ）れていませんでした。

翌朝、病院を訪れたAは、何やらせっせと書類の作成をしていました。Aの右手は滞りなく動き、軽やかなペン音を響かせ、私にはそれが彼の鼻歌にも聞こえました。確かにAにしてみれば、この一連の経過は僥倖（ぎょうこう）であったことでしょう。昼過ぎには退院でき、生物は火葬されるとのことでした。診察の際、私は医師に、せっかくだから生物を見てみたいと申し出ました。医師は見ないほうがいいと言いました。まだ人の形を成してないからね、見ないほうがいい、と。でも私にはなぜか、それを見てみたいという強い衝動がありました。身体の底から沸いてくる正体不明の熱っぽい感情で、それが何であったのか、私には今でもよく理解できません。それまでの十七年の人生の中で、初めて感じる種類の発熱でした。

二階の病室の白いベッドの上で、生物は小さな木箱に納められていました。年若い看護婦が、キルト生地の洋服など着せてくれていました。でもやはりそれは、三十センチほどの、人の形に成りきれていない、やや緑色を帯びた生物の死骸でした。その死骸の上に、ぽつりぽつりと雨粒が落ちてきました。私は本当に、雨洩りでもしているのかと、天井を見上げたほどです。私は私自身から溢れる雨粒を、留めることができませんでした。

帰路、Aに手を引かれて、病院前に広がる春先の庭を歩きながら、ピンの欠けたオルゴールを想像しました。今まで響いていた和音から、少しずつ音が欠けて、一つの楽曲から、音符が差し引かれていきます。音符が差し引かれたまま、オルゴールは廻り続け、旋律とは言えない、音楽とも言えない、奇妙な響きを奏で続けます。人生は少しずつ消費するものではなく、ぽろぽろと欠けていくものかもしれない、白日の下に、そんなことを思いました。

　奈々の朝の会は、そこで途切れるように終わっていた。これは奈々が意図的に、僕に送らなかった朝の会に違いなかった。なぜ――？　冊子を最後まで確認してみたが、それ以外に奈々の朝の会は見つからない。日曜日の人々から顔を上げると、いつの間にか吉村が楕円卓の対面に座っていた。

「その子は四月に亡くなってしまってね」

「どのような理由で？」

「一つはそのページに記されていること。もう一つは父親のこと」

「父親のこと？」

「幼い頃に父親を亡くしていると、朝の電話で話していたから」

「文字起こしをしてあるんですね。ぜひ、読んでみたいのですが」

「やめておいたほうがいい」

「なぜですか？　感情的な内容だからですか？　僕は感情に引きずられたりしませんよ？　この女の死の理由が、僕には理解できませんね。ここに記されている一件は、今から四年も前のことです。そんな昔の出来事を苦に人間は死ぬものですかね？　父親の死とて理由にはなりませんね。確かに事実は忘れません。でも感情は忘れます。人はそういうふうにできているものでしょう。そもそも父母は、自分より先に死ぬのが普通です。早いか遅いかの違いしかない。僕にはこの女の考えも、ここに記された連中の考えも、本質的には理解できませんね。生きる気のない人間は、躊躇なく死ねばいいんじゃないですかね」

捲(まく)し立てるように口走りながら、僕はいつかと同じく嗚咽を洩らしていた。自白に近い告白をしていることも理解していたが、理性より感情が先行してしまい口を噤むことができない。

吉村は円卓のこちら側へやってきて、暫く僕の背を撫でていた。いつも算盤の珠を弾いている太い指の感触を、僕は背に覚えていた。やがて僕の呼吸が落ち着いた頃に、

「確かに暴露療法(エクスポージャー)なんてのもあるからね。心が安静なときに、無理をせず、少しずつ読むこと。これを約束してくれるなら、暫く君に、彼女の〝朝の電話(モーニング・コール)〟の文字起こしを貸し出そう。それともう一つ、これを読み終えたときには、君の朝の会を必ず聞かせて欲しい。約束だよ」

3

「三十五キログラム」　ひなの

わたしが入院している南病棟の六号室には、ベッドが三台あって、わたしみたいに痩せ細った女の子たちが寝ているの。先生に聞いたけれど、九〇年代くらいから、この病は急増したらしいの。だから患者さんの数に対して、専門医の養成が追いついていない。入院施設は順番待ちの所も多くて、わたしも二ヵ月待ちだったな。おかげで皆と、ワークショップに参加できたんだけどね。

入院した翌日に診察と精密検査をしたけれど、けっこう危険な状態だったみたい。わたしのカルシウム量は、七十代のお婆ちゃんと同じくらい。転んだらすぐに骨が折れちゃう。山登りなんて、我ながら無茶なことをしたな。脈も随分と少ないの。人間は物を食べないと、心臓まで痩せる。健康な人の心臓は約三百グラムだから、わたしの心臓は二百グラムくらいかな——、その可愛らしい小ぶりな赤い心臓は、一分間に三十回しか拍動しないの。ポンプの働きが悪いから、心不全を起こしたらわたしの拍動は一分間〇回になるかもしれないの。この病は意外にも急死率が高いんだって。

検査をした日の午後に、担当医の西野先生が、わたしの脳味噌の断面写真を見せてくれたの。西野先生は、モスグリーンのスクラブの上に白衣を羽織って、首からオレンジ色の聴診器を提げて、いつも柔和な笑みを浮かべている、三十代の男の先生。少し妻夫木君に似ているかな、と言ったら言い過ぎかな。健康な人は頭蓋骨の端まで脳がみっちり詰まっているけど、わたしの脳にはいたる場所に隙間ができて、黒い影が落ちているの。

人間、身体が痩せると、脳まで痩せる。前にも同じ写真を見たことがあるから、そのことは知っている。あの頭の禿げたアホな医者は、君、御飯を食べないと脳味噌が萎縮して頭がアホになるよ、とかアホなことを言っていたな。んなこたぁ、わたしの萎縮した脳だって、言われなくても理解しているよ。一方で西野先生は指棒で白黒写真を指しながら、この前頭葉の黒い影が埋まると大人の女の色気が出る、とか洩らしていたな。感情が豊かになって、男を魅惑することができるよ。脳味噌の断面写真と女の色気を繋げる医者なんて初めてだったから、わたしは思わず噴き出してしまったな。さすが田村先生の紹介だけあるな。

　脳が縮んで、心臓が縮んで、些細なきっかけで昇天する可能性があるから、早く危険体重の領域を抜けないといけないの。わたしの場合、具体的にそれは三十五キログラム――、でも食物で体重を増やすことは、もう無理なの。食物でカロリーを摂取したら、沢庵みたいに萎れている胃袋がびっくりしてぽっくり逝ってしまう。わたしには肉体的にも精神的にも、食物は毒物と変わらない。それで頸（くび）の太い血管に透明な管を通されたの。普通の点滴は、ボトル一本で二百キロカロリーしかない。でも人間は何もせずに、寝ているだけでも一日に千二百は消費するから、普通の点滴だと痩せていく一方。だからより高カロリーを入れる為に、頸の血管にぶすり。

　この頸静脈チューブで一週間カロリーを摂取したら、次は鼻チューブになったな。流動食を入れて、胃袋を活性化させるとか言っていたな。看護婦の福田さんが、先端にゼリーの付いた管を、わたしの鼻にずるずる挿れてくるの。わたしは病室の白い天井を見つめたまま、瞳に涙を溜めていたな。管がぬるりと喉元を通るときに、さすがにえずいて、涙がするりと頬を伝っていったな。でも結局、わたしの萎れた胃袋は流動食すら消化できず、翌日は半日寝込んでしまったな。だから頸静脈チューブに逆戻り、ぶすり。それで今も頸根（くびね）に透明な管が通っているの。

でも正直、この管で一滴一滴、体内にカロリーが入ってきているのかと思うと、点滴パックを床に叩きつけたい衝動が、ふつふつと湧いてくる。わたしは豚になりたくないし、豚になることが怖い。でもそれはわたしの感情の皮の部分。皮の中には、何か別の怖さが潜んでいる。その正体がつかめない。だから余計に怖い。わたしは以前、深夜にこっそり病室を抜け出して、トイレで頸から点滴の管を引っこ抜いて、輸液を便器に流したことがある。止血より輸液を両手で絞り出すことを優先したから、院内着は血塗れ。翌朝の回診時、西野先生に、赤黒い染みだらけの院内着と、頸の穴痕を見られて、怒られはしなかったけど、哀しい顔をされたな。だから管を引っこ抜くことは、がまん、がまん——。

あと今度ね、ママがお見舞いにくるらしいの。あの人はいったい何を考えているんだろう？　今、ママに会ったら、わたしは大変なことになるよ。感情が沸点を超えて、電球のニクロム線が切れるみたいに、わたしの心身はぷっつん消灯するよ。それでもいいならお見舞いにくればいいんじゃない？　娘をぷっつん消灯させたいならね。

P．S．寝室にミオちゃんを置いてきてしまったので、持ってきてくれますか？　お願いします。

＊

秋学期の授業が始まり、同時に半年の休学が始まった。家庭教師と〝せどり〟とレムの会合だけでは余りに時間が空くので、大学図書館でアルバイトを始めた。バイトの求人は、家庭教師のときと同じく、学生課の掲示板で見つけた。午後の三時から五時間ほどカウンター業務をこなす。本を貸し出し、本を返してもらい、本を元あった書棚へ戻す。単純作業は意外に心地よいものだった。業務は三十代の司書の女から教わった。名字がビスコと同じ〝佐藤〟だった。しかしビスコの〝佐藤〟はＨＮであるから、本名ではない。考えてみると、僕は多くのレムの会員の本名を知らない。そしてレムの会員は、誰も僕の本当の名前を知らない。

司書の佐藤さんは、僕が教育学部に在籍していることを知ると、きっといい先生になると思うな、そう洩らした。僕はただ単純作業を繰り返しているだけなので、何を見てそう思ったのかは分からない。確かに教職を取って教員採用試験を受ける選択もあるが、能動的にその道を選ぶ気にはなれない。

同僚の河野も似たようなことを述べていた。河野も教育学部に在籍し、学生課の掲示板経由で図書館バイトを始めた。これも新人類たるゆえんかもな、僕が言うと、何それ、と河野は首を傾げた。意味を説明してやると、完全に死語じゃん、と笑った後に、

「でもお前は、いい先生になると思うけどな」

あるとき図書館業務は、作業的には殆ど〝せどり〟と変わらないことに気づいた。書物は自分を経由して他者へと流れていき、何も糧にはならない。そしてある文言が思い浮かんで苦笑した。食物は胃袋を経由して便器へと流れていき、何も栄養にはならない。

ひなのから朝の会が届いたのは、九月下旬のことだった。文中の〝ミオちゃん〟が何を指しているのか、僕には分からなかった。平素から彼女は意図不明な発言が多かったので、特に意味はないのだろう。あるいは、暗に見舞いにきて欲しいということだろうか。返信の際に、現状で面会ができるのか尋ねてみたが、ひなのからの返事はなかった。

その翌週の水曜日、十一時に玄関チャイムが鳴った。受話器に出る僕の声は、ひなのと同じように上ずっていたかもしれない。受話器の向こうからは、男の野太い声が聞こえてきた。両親が、宅配便で米と野菜を送ってきたのだった。僕はその米を炊き、野菜を胡麻油で炒めて食った。ろくな食生活をしていなかったので、適当に作ったにしては旨い飯だった。

その頃、僕はレムを訪れる度に日曜日の人々（サンデー・ピープル）を借りていた。沢山の人々が、様々な筆跡で、朝の会を綴っている。丸味を帯びた文字があれば、鋭角な文字があり、優しげな文字があれば、殆ど意味を汲めない走り書きのような文字もある。文章に添えて、イラストや図形を描く人もいた。イラストはともかく、その幾何学的な図形が何を意味するのか、僕には分からなかった。

結局、冊子に吉村の朝の会は収録されていなかった。それでも僕は幾度となく冊子を読み返した。吉村から受け取った奈々の朝の電話(モーニング・コール)の文字起こしは、原稿用紙たった六枚の内容だった。最初の一行を目にし、一瞬で心臓が冷たくなった。もう文字を追うことができない。そういう内容が記されていた。

吉村の助言を守る気はないが、ただ何かきっかけが必要だと思った。きっかけさえあれば、僕はこの六枚の紙切れを読み通し、感情と過去を忘れることができる。あるいはそのきっかけは、日曜日の人々から得られるかもしれない。

日曜日の人々を読み耽る僕を見て、ビスコは孫の手で肩を叩きながら、航君は勉強熱心ですなぁ、などと感心していた。僕はときに人々の朝の会が、人生の一部を切り取った作品にも感じることがあった。そのことをビスコに告げると、航君は発想や想像が磯部さんに似ていますね、などと言う。磯部も同じ事を洩らしており、朝の会の原稿提出が始まったのだという。

二十一歳で縊死したテルの朝の会には、中学生時代の虐(いじ)めの経験が記されていた。冷静になって考えてみても、僕には彼の死の理由が分からない。彼が縊死をした当時、大学での交友関係は良好で、中学時代の虐め経験からは七年も過ぎている。そして彼の最後の朝の会に綴られていたことは、就職活動に失敗して将来が不安である、というものだった。そんな理由で人は死を選ぶだろうか。分かりやすい理由で自死を選ぶのは、中高年に多いんじゃないかな、吉村はそう述べていた。

「病苦、借金、失業、引責、アルコール依存とかね。一方で若年層は端から見ると理由が分かり難い。敦子さんの死のきっかけは、ファミレス店員の〝そろそろ閉店なので出ていってもらえますか〟という一言だったわけだし」

「意味が分かりませんが」

「僕には意味が分かるよ。つまり彼女の中では〝そろそろこの世から出ていってくれませんか〟と言葉が置き換わっている訳だね。確か朝の会でも似たようなことを記していたよ。背景が積み上がっていれば、塵一つが動機になりえる」

「敦子さんの朝の会は〝ひみつのアッコちゃん〟という表題の、ふざけた自己紹介が収録されているだけでしたが――」

「彼女の生前の意向で、他はすべて婚約者に渡してあるから」

「なぜ彼女はそんなことを？」

吉村は算盤を弾いていた親指を止め、顔を上げて僕の瞳を、じっと見据えた。

「なぜって、他に頼る人が居なかったからだろう」

十月初旬、アルバイト先の家庭で夕食に誘われた。一人暮らしの僕を気遣ってのことかもしれない。授業を終えて、一階のリビングへ入ると、家庭の食卓の匂いがした。チェックのテーブルクロスを敷いたダイニングテーブルには、ハンバーグにポテトサラダ、御飯に茄子の味噌汁が並んでいる。

久しぶりのまともな食事で、思いの外、貪欲にハンバーグと飯を食べていたらしい。尚人の母親には、おかわりもありますからね、と苦笑された。それで気恥ずかしくなり、箸を休めて、尚人の学習状況について話した。尚人君は聞き分けが良く、授業態度も良いので、きっとお母さんの教育が良かったのでしょう、そう素直な感想を述べると、母親は嬉しそうに笑った。口にしてから気づいた。こういう感想に、十四歳の男子生徒ならば反撥を覚えるのではないか――、しかし隣を見ると、尚人は特に気にするでもなく、フォークでハンバーグを旨そうに頬ばっているのだった。

「先生は大学を卒業したらどうするの？」

いつか尚人に尋ねられたことがある。大学を卒業したら何をするつもりなのか、自分でもまったく分からない。だから逆に尚人に訊いてしまった。尚人は将来に何をしたいんだい？　すると彼は屈託のない笑みを浮かべて、

「僕はお父さんと同じように、将来は銀行員になりたいな。お父さんから聞いたけれど、銀行員は夢を叶える手伝いをする仕事なんだって。家を建てたい、車を買いたい、結婚式を挙げたい、新しい仕事を始めたい、そういう人に、資金を貸すことで、夢を叶える手伝いをするんだって。今は大卒でないと、銀行に就職するのは難しいから、経済学部のある大学に進学して、卒業したら銀行員になって、みんなの夢を叶える手伝いがしたいな」

　尚人の話を聞き、就職面接で志望動機を訊かれたら今のを使うといいよ、そう言って苦笑してみたが、上手くいかなかった。きっと尚人の夢は叶うだろう。そしてこの中学三年生の、未だ胸板も薄く、肩幅も狭く、喉仏も出来上がっていない男子生徒のことが、羨ましくもあった。

　尚人の家で食事をした週の日曜、寝室（ベッド・ルーム）には吉村とビスコと杏子しかこなかった。暫し雑談した後に、日和もいいので近くの森林公園へ散歩に出かけた。その途中、ビスコが背中からフリスビーを取り出した。たまには皆で運動でもしましょう。

それで芝生の広場で輪になって、四人でフリスビーを投げ合った。

橙(だいだい)色の円盤が、午後の日差しの中を行き交っていく。もう晩夏も過ぎていたが、身体を動かすと次第に汗が滲んだ。吉村は運動神経が鈍いのか、しばしばフリスビーを取り損なった。一方で意外に杏子はスローもキャッチも上手い。

休日の公園には家族連れの姿も多かった。レジャーシートの上で、弁当を広げている家族の姿もある。姉弟らしい幼子が、おにぎりやら唐揚げを食べて頬を膨らませていた。余所見(よそみ)をしていたら、僕もフリスビーを取り損なった。芝生を転がっていく円盤を、慌てて追いかけていく。

帰路、僕は一人でコンビニと本屋へ立ち寄ってから寝室へ戻った。室内へ入ると、片隅から低く野太い呻りが響いてくる。ビスコと杏子は、特に気にするでもなく雑誌など読んでいた。窓側のベッドの、その手前の布団が、人間の形に膨らんでいる。

僕がその布団を眺めていると、杏子が唇に人差し指を当てて、もう少し寝かせてあげて、そう囁いた。布団には、唇を半開きにして枕に涎を垂らし、子供の顔で鼾(いびき)を洩らしている、吉村の姿があった。

午睡するくらいだから調子が良いのだと思ったが、しかしその翌週から吉村は姿を消した。暫くは会に参加できないので、運営を副管理人に任せるという電話が、ビスコにあった。するとビスコは妙なことを言い出した。

「私が事務を請け負うので、航君が経理をやってくれませんか？」

金銭の管理を任されるほど、僕がレムに馴染んでいるとは思えない。それなら自分が事務をやると告げると、ビスコは眉尻を掻いて苦笑した後に、さすがに私が経理をやるのは色々と問題があるでしょう。

その日から、僕は吉村が使っていた事務机に向かい、寝室の家賃や光熱費や雑費、会員からの月会費の徴収、そうした金銭の流れを帳簿に書き記していった。吉村の私物である二十三桁のトモエ算盤が、机の端に置かれている。吉村は珠算の段位を持っており、電卓が嫌いらしい。電卓を使うと数字が死んでいく、とよく分からないことを述べていた。僕は算盤など使わず、電卓で収支を計算した。

このときになって知ったが、六〇八号室の維持費が七万に対して、会員の月謝と入会費から賄える金額は僅か三万強だった。毎月四万近い赤字を出しながら会は運営されていたことになる。ビスコに訊くと、赤字分は吉村が補塡しているという。この収支を知り、月会費を上げるべきだとビスコに提案した。

「しかし我々の中には、まったく就労していない者も多く、生活保護を受給している者もいます。中高生の会員にとっては、二千円も安いものではないでしょう。間口は広く開けておくというのは、磯部さんの方針でもありましたし――」

「レムは小規模のボランティア・グループには入らないのですか？　例えば区役所を通して、助成金の申請をするなど――」

ビスコは瞳を丸くして、低い声で頷いた後に、

「それは素晴らしいアイディアですね。もし実現できれば、将来的に、医師や臨床心理士を、朝の会に招けるかもしれません。やはり新しい人材が入ると、新しいアイディアが生まれるものですな」

同じ頃、隅田という過食症の女から苦情があった。室内で雑談中に、やたらに身を寄せてくる男性会員がいて、ついこの間は、尻や胸にまで触れてきたという。隅田は、事務机で電卓を弾いている僕に、苛立たしげに訴えた。

「十畳ばかりの狭い一室に、複数の男女が一緒に過ごすのは不健全です。朝の会をする際に、男性の前で話しづらいこともあります。もう少し広い部屋に、寝室を移して

下さい」

　収支を考えれば、そんなことできるはずもない。そもそも臨時で経理を任されているだけの僕に言われても困る。曖昧に頷いていると、隅田は苛立たしげに自身の膨れた太腿を拳で叩きながら、

「結局ここにくる男は、みんなマザコンなのよ。私たちに、母性とか、愛情を求めているのよ。気持ち悪い」


　その夜、事務と経理を終えた後に、ビスコと二人でテレビを観ていた。すでに他の会員は帰宅しており、部屋には僕たちだけが残っていた。彼は胡座を組み、股の上にビスコ缶を置いて、絶え間なく菓子を頬ばっていた。その姿を眺めていると、航君もどうぞ、と勧められた。缶から一つ、ビスコをもらう。ビスコを食べるなど十年ぶりだろうか、檸檬クリームの甘い香りに懐かしさを覚えた。たまに食べると旨い菓子ですね、そう感想を言うと、彼は無垢な微笑みを浮かべた。彼はビスコを口にしているときだけ、仕草や表情が幼くなる。テレビでは学生の就職に関する話題が扱われており、彼はビスコを頬ばりつつその画面を見つめ、

「航君は大学を卒業したらどうするんだい？」

ここ最近、同じことを何人かに訊かれている気がする。ビスコは大学院に在籍しているので、将来は研究職に就くのだろう。一方で自分の将来はやはり見当も付かない。適当に就活をして、適当な職に就きたいですね、就職氷河期と言っても選り好みしなければなんとかなるものですよ、僕がそう返すと、ビスコは腑に落ちない様子で、やりたい仕事はないの？　と訊いてくる。彼はきょろんとした子供の瞳で、僕の答えを待っていた。ビスコを食べると幼児返りする盗癖症の男というのが、僕には愉快だった。

「作品を作りたい気持ちはあります。子供の頃から、物を作ることが好きだったので」

「陶芸品とか、民芸品とか？」

僕が苦笑しながら首を傾けていると、

「じゃあ、映画とか音楽とか小説とか？」

「自分でもよく分かりません」

するとビスコはやはり納得できない様子で、

「でも航君の、子供の頃からの夢なんでしょう？」

僕は言葉に詰まり、ビスコもそれ以上は詮索しなかった。最初からそれほど興味があった訳ではないのだろう。再び二人で菓子を食べながらテレビを観ていた。香港で大規模なデモ行進があったという報道がされていた。沢山の若者が、繁体字が記されたプラカードを頭上へ掲げている。その報道も終わり、番組が宣伝へ差し掛かった頃に、

「じゃあもし航君が就活に失敗したら、食品模型の工房を紹介してあげるよ」

「ん？」

「よくレストランの入口に、本物のナポリタンそっくりに作った、偽物のナポリタンが置いてあるでしょう。あれを作る工房を、伯父がやってるの」


久しぶりに鈴木から連絡があった。自身の運営サイトで一山当てたので、焼肉を奢ってくれるという。授業後の鈴木と駅前通りで待ち合わせることになり、僕は薄手のアウターを羽織って部屋を出た。

マンション敷地内には、数本の庭木がある。常緑樹は変わらず緑を茂らせていた

が、紅葉やら楓の葉表はやや明るみを帯びていた。確かに夏の名残は少しずつ絶え、秋めいた薄日の差す日が増えていた。エントランス脇の花壇では、管理人が柘植を球体の形になるよう剪定していた。

鈴木は単位不足で、僕と同じく卒業が一年遅れることが確定していた。でも今どきまともに一般企業に就職するなんて時代遅れだよ、鈴木は焼肉屋で、ビールを呷りつつ洩らした。

「だって俺の運営しているサイトで、月十万以上の利益が出ているんだぜ。上手いことやれば、普通に就職するよりも稼げるね。俺はうちの親父みたいに、しがないサラリーマンにゃなりたいと思わんね。ところで、せどりで稼ぐのも、要領がいい人間じゃないとできないんだよ。卒業したら起業して、俺と一緒にＩＴ関連の会社をやらないか？　成功すれば年収一千万も夢じゃないぜ」

酔った鈴木のそんな与太話を聞きながら、僕は適当に頷いていた。それでも彼の希望に満ちた短絡的な生き方は、やはり羨ましくもあった。鈴木は、尚人とはまた違う道筋で幸福を得るかもしれない。鈴木は気前よく上カルビなど頼んだ後に、

「大学にはいつ戻ってくるんだ？」

「来年の春学期からだろうね。逆にそこで復学しないと、もう退学するしかないよ」

「あまり気に病むなよ。どういう選択をしたって、長い目で見ると、結局は同じ結果だった、なんてことは、往々にしてあるものだ」

　また何かネットビジネスの話をしているのかと思ったが、帰路、秋の虫の鳴く夜道を一人で歩きながら、鈴木は、奈々の件を言っていたのだと気づいた。

　しかしあのとき、僕は選択を誤ったとしか思えない。

　あの日、春学期の最初の一般教養科目に欠席していた奈々から、妙なメールが届いた。脈絡もなく、僕に対する感謝が綴られていた。感謝されることは何もしてない上に、そのメールの文面もどこかちぐはぐで不可解だった。寝惚けているのかもしれない。奈々は寝坊して授業に遅刻することが多々あった。秋学期末の定期試験日の遅刻はさすがに僕も焦った。何度電話しても繋がらず、試験開始から十五分が過ぎた頃にようやく教室に現れたのだった。試験後に奈々は、二度寝したら起きられなかったなどと苦笑し、はねた後ろ髪を直していた。

　奈々が授業を欠席したので、僕は学食で飯を食わずに正門へ向かった。守衛室の横では、茶トラの猫が日向ぼっこをしていた。守衛が沢山餌を与えるので、丸々と太っていた。その猫の腹を撫でてやった。雄猫で警戒心が薄いのか、人慣れしているのか、茶トラは前脚と後脚を伸ばして、大きく背伸びをした。その猫を撫でる僕の裸の腕の途中に、斑点のような七色の輝きが落ちていた。意識が斑点へ向かうに連れ、そこで三センチ程の甲虫が這っていることに気づいた。驚いて腕を激しく振った。茶トラ猫も驚いて一目散に茂みへ逃げていった。からんとアスファルトへ背を打ち付けた甲虫は、六本の脚を動かして器用に反転し、ゆっくり路面を這っていった。

このとき、僕は何か胸騒ぎを感じていたのだろうか――、自宅へ帰るつもりが、自宅を通り過ぎ、駅向こうにある奈々の住むマンションを訪れていた。三階の三〇八号の分厚い藍色の金属のドア、その横に付いた小さなインターフォンのボタンを押す。返事はない。ドアをノックしてみる。返事はない。留守なのだと思い帰ろうとしたが、試しにドアノブを引いてみると、鍵は掛かっていなかった。しかしガツリと鈍い物音を響かせて、すぐにドアは止まった。目の前の十センチの隙間には、鉛の光沢を帯びたドアチェーンが真っ直ぐに伸びていた。

再びインターフォンを押してみるが、返事はない。やはり寝ているのだろう。僕は諦めて帰ろうとはしたが、未だ藍色の金属ドアを見つめたままでいた。近頃目にした奈々の姿を思い出してみる。奈々は体育館で溌剌とラケットを振っていた。ダブルチーズバーガーを旨そうに頬ばっていた。僕は薄(うっす)らと過ぎった自身の馬鹿げた考えに苦笑しつつ、マンションの通路を引き返した。

文字起こしに記されていた録音時刻が正しいのならば、このとき奈々はまだ生きていたことになる。

＊

「偽物の言葉」　ひなの

人間は体重が減ると、その体重の頃まで幼児返りすると、西野先生が言っていたな。今の体重から換算すると、わたしの精神年齢は九歳の女児と同じくらい。でも一日に三十分だけ、自分でも驚くほど頭のはっきりする時間帯がある。この三十分だけわたしの虫喰い脳味噌は異常に活性化して、文字を書くことができる。なんだか言葉を綴ることで生きながらえているみたい。

　そうそう、先週にママがお見舞いにきたの。我ながらあのときは酷かったな。わたしは自分がぷっつん消灯すると思っていたけれど、逆にエレキテルと化して放電してしまったな。獣の咆哮をあげて、敵意を剥き出しにしてママを威嚇してしまったな。そうしたらあの人、おろおろするばかりで、逃げるように病室から出ていったな。その背中たるや、親とは思えないほどに哀れなもので、その姿をわたしが作り出したのかと思うと、虫喰い脳味噌は余計に発電して、看護婦の福田さんに取り押さえられる事態になってしまったな。

　実を言うと、わたしは以前にママを殺そうとしたことがある。あれは高校三年生のとき、深夜に台所から出刃包丁を持ち出して、ママの胸元を突き刺して殺害しようと思ったの。あいつはわたしを飢餓で殺そうとしているのだから、わたしにだってあいつをぶっ殺す権利がある。殺(や)られる前に殺れってやつね。わたしは台所の流しの扉裏から出刃包丁を引き抜いて、足音を殺して、息まで殺して、ゆっくり階段を登ってママの寝室へと向かったの。

　薄いドアの向こうから、ママの鼾が聞こえてくる。これから殺されるのに、暢気(のんき)に鼾かいてら、思わず笑いそうになったな。わたしは笑いを噛み殺して、ドアの目の前に立ったの。でもね、いつになってもドアノブへと手が伸びない。わたしはママの鼾やら寝言やらを聞きながら、出刃包丁を片手に、暗闇の中で延々と立ち尽くしている。次第に月の位置が変わって、廊下の窓から月光が差して、わたしの手元の出刃包丁が鈍く光る。生温かいものが、包丁の鉛色の刃表を濡らしていく。それでもわたしの手は、どうしてもドアノブへ伸びていかないの。

わたしは包丁の柄を持ち替えて、刃先を自分の側へ向ける。わたしは空洞だけど、わたしの肉体にはたんまり血液が詰まっている。わたしは思い切り腹部へ包丁を突き立てるけれど、哀しいかな、体重三十五キロの女の子の力じゃ、皮どころかパジャマの布地すら貫通できない。わたしは薄暗い廊下で蹲（うずくま）って、包丁の柄を両手で握り締めたまま、団子虫みたいに背中を丸めて、一人で静かに啜り泣いていたな。

一通り涙を流し終えて、隣室の掛時計を見上げると、午前一時を過ぎたくらい。それで気づいたの。わたしの就寝時間はおよそ午前二時だから、あと一時間ある。こんなことしてる場合じゃない。一時間あれば、三十分で中華饅頭三袋を胃袋に入れて、五分でぜんぶ便器に嘔吐できる。途端に身体に熱量が戻ってきて、わたしは台所へと駆けていったな。

考えてみると、わたしはパパに殺意を抱いたことはないな。パパはママと違って、わたしに対して無関心だったな。嘘すらもつかなかったな。だからわたしもあの人には無関心なのかもしれない。一度だけ、あの人が診察に同席したことがあったけれど、田村先生に、拒食症を治す薬はないのか、とか意味不明なことを訊いていたな。そんな薬、ある訳がない。人間の生い立ちが、薬で治癒するわけがないでしょうに。それからお姉ちゃん、あの人はわたしの敵。産まれる順番が早かっただけで、正当な愛情がもらえるなんてずるい。だからわたしの敵。わたしはときに、お姉ちゃんの胃袋の中に溜まっている桃色の愛情が透けて見えたな。水風船の中の水が、ちゃぷんちゃぷんと揺れているみたいに。

この際ママは嘘なんてつかないで、わたしに本当の言葉を伝えるべきだと思う。〝パパは長男だから、本当は男の子が欲しかったのよ〟〝ママはご近所さんと同じように、男の子一人、女の子一人の家庭を作りたかったのよ〟〝でもあんたは二人目の女の子だったのよ〟〝だからあんたは要らない子なのよ〟わたしに正直に言うべきだと思う。もしママから本当の言葉をもらえたならば、わたしは気が狂って胃袋の空洞に無自覚になるかもしれない、あるいはママを殺さない程度の丁度良い憎しみを抱くことができるかもしれない。

また随分と長く文字を書いてしまったな。文字を書くといえば、わたしはいつか、パンケーキにも文字を書いたな。パンケーキの表面に、チョコレートペンで〝大好き〟とか〝愛している〟とか〝あなたが大切〟とか、そういう言葉を記して、片っ端から胃袋に収めていったの。六枚も食べるとさすがに満腹になって、食欲は満たされたな。でも三十分後には、中指を咽喉に突っ込んで、全部便器に吐いてしまったな。考えてみれば、偽物の言葉を食べても、満たされるわけがないよね（笑）

P.S.　体重がとうとう三十三キロを超えました。三十五キロになることが、どうしてこんなに怖いんだろう。わたしは本当に、夜中にガチガチと奥歯を鳴らしてしまうくらいに、三十五キロになることが怖い。丸い目盛盤の付いた鉄製の台はかりに乗るとき、わたしは処刑台におもむく気分になる。膝が笑って立っていられなくなる。赤い指針の示す場所が、一目盛りでも増えていたら、途端に恐怖で涙ぐんでしまう。

＊

吉村が不在になり数週が過ぎた頃、今度はビスコが姿を消した。携帯に電話してみるが繋がらず、メールの返信もない。このことを吉村に電話で伝えると、君が臨時で副管理人を務めてくれ、とのことだった。部外者であるはずの僕がなぜレムの運営に関わっているのか、自分でもよく分からなかった。しかし寝室（ベッド・ルーム）を見渡してみると、確かにまともに作業ができそうな人間は、自分と杏子くらいしか残されていない。合い鍵を一つ作り、開室は杏子が行い、閉室は僕が行った。その杏子も最近は量が増えちゃって駄目などと洩らしていた。ワークショップの際、なぜ僕が火の神を任せられたのかようやく理解した。薬で足下のおぼつかない人間に火の扱いを任せるなど、確かに危険極まりない。

レムでは何かとトラブルが頻発していた。男女問題の他にも、月会費を滞納している会員に対して、別の会員が不平を言い、口論になることが多々あった。次第に朝の会にも支障をきたし、誰かが発表している最中に、私語をしたり、居眠りをしたり、途中で退出してしまう者までいた。やがて朝の会の体裁は保てなくなり、皆が口々に何かを言いあっては、勝手に部屋から去っていく。掃除当番も、掃除をせずに帰宅してしまうので、六〇八号室は次第にゴミで溢れた。

この頃から、見かけない連中が寝室に出入りするようになった。横田と同じ抑うつ症系疾患だと言うが、横田の知り合いではないらしい。彼らは就労しておらず、殆どが無収入だというが、なぜか大量の処方薬を所持していた。その量からして相当な額になるはずだが、訊けばほぼ無料で処方されているという。時代は三十二条ですよ、マル向に金を払うなんてもう古いですよ。LSDの所持で逮捕歴がある多田という青白い顔の男は、すり鉢で錠剤を磨り潰しながら、――私たちはもう大人なんですから、コデイン・シロップなんてお子様の飲み物じゃ満足できません、隠し味にゾルピデムを五ミリ、大変良い仕上がりになりますな、キーゼルバッハに染み入るコクのある酩酊を、味わうことができますな。彼らは朝の会に参加するでもなく、積極的に皆と雑談する訳でもないので、何の為にここへ来ているのか理解できなかった。

そしてある日、口喧嘩ではなく、暴力による喧嘩が起きた。一ヵ月二千円なんて、過食嘔吐一回分の食費にも満たないだろうと、一人の摂食障害者が洩らし、その言葉に別の摂食障害者が過剰に反応し、スリッパで相手の頭を叩いた。叩かれた側は顔を真っ赤にし、ペンケースで頭を叩き返した。そこからは取っ組み合いの喧嘩になった。痩せ細った鶏ガラの人間二人の揉み合いは、小動物の戯れにしか見えず、僕は事務机からぼんやりその光景を眺めていた。しかし途中で、仲裁しなければならない事態になった。片方が相手の手の平に嚙みついて、流血させたのだった。楕円卓の下に敷いてあるクリーム色の絨毯（じゅうたん）には、点々と赤い斑点が滲んでいた。

皆が去った後に時雨が訪れ、僕は静かな雨音を聞きながら寝室の掃除をしていた。床の上にはありとあらゆる物が散乱している。空缶やペットボトル、スナック菓子の袋、チョコレート菓子の紙箱、菓子パンのビニール、コンビニの弁当箱、漫画や雑誌、誰の物か分からない衣服、割れたＣＤケース、芯の折れた鉛筆、剝き身の消しゴム、絨毯の血痕、褐色の薬瓶、眠剤のアルミシート――、それはレムの現状そのものを表しているかに思えた。玄関ドアが低く軋（きし）む音が響いた。誰かが忘れ物を取りに戻ったのかと、箒を片手に振り向くと、玄関の暗がりには背広姿にボストンバッグを抱えた、小太りの男が立っていた。吉村だった。

「こりゃ、酷い有様だねぇ」

吉村はバッグを事務机の椅子に置くと、僕と一緒に部屋の掃除を始めた。屑箱を抱え、中腰になってゴミを拾っていく。僕は会の現状を吉村に報告した。相変わらずビスコが音信不通なこと、会員からあらゆる不満が噴出していること、朝の会が機能していないこと――。

掃除を終えた後に、楕円卓を布巾で拭い、インスタント珈琲を淹れて一息ついた。吉村は窓棚の水仙の鉢植えに、コップで水を与えていた。水仙は夏場に葉まで枯れ果てたが、来年の冬の終わりには再び白い花を咲かせるという。僕は吉村が珈琲を飲みにくるのを待ったが、彼は窓辺から動こうとしない。

事務机には僕が読みかけだった、日曜日の人々が置かれている。吉村はそれを手に取り、ぱらぱらとページを捲った。先に口を開いたのは僕だった。

「初期の朝の会は盗まれてしまったそうですね」

「ビスコから聞いたの？　まったくこんなことなら、裕貴の朝の会は僕が持っておけば良かったよ」

「誰です？」

「磯部さんの名前は、裕貴というんだよ」

「なぜ磯部さんは死を?」

「不眠も選択肢の消えていく病だからね」

「選択肢?」

「文字起こしは読んだかい?」

「いいえ。心が安静なときに、少しずつ読もうと思うので」

「それがいい」

吉村は日曜日の人々を手にしたまま、ふいと水仙の鉢植えを見遣った後に、

「いつか君は手伝ってくれると言ったけれど、あれは本気にしてもいいの?」

「なんです?」

「僕が吊るときに」

僕はマグから口を離し、吉村を見上げた。彼の横顔からは、蛍光灯の白光の加減か血の色が消えていた。雨音は滞りなく、一定の静かな響きを室内にもたらしていた。

「今月中に自室で吊ろうかと思っていてね。できれば航君に手伝って欲しい。もちろん君に罪が及ばないよう工夫する」

吉村への返答は、あらかじめ用意してあったかのように、するすると僕の口から洩

れていった。

「僕は吉村さんを尊敬しているんです。レムでは確かに数人の死者を出しましたが、同時に多くの生者も生みました。それは日曜日の人々を読めば分かります。カオリンさん、悠斗君、ちゃこさん、彼らはここを卒業して、社会で日常を送っています。マイマイさんなんて、結婚して子供までいるんですよ。そうした未来を作ったのは、磯部さんであり、吉村さんです。僕にはここが、人々の最後の受け皿にも思えます。理由は聞きません。それが吉村さんの選択であるならば、僕はお手伝いします」

吉村はそれを聞くと、日曜日の人々から顔を上げて、彼には珍しく容易に感情が読み取れる穏やかな瞳をこちらへ向けて、

「ありがとう。僕は意味がないどころか、悪癖を続けていた気すらしていたものだから。そう言ってもらえると救われるよ」


時雨が過ぎ、夜の街路には雨で落ちたらしい銀杏の葉が散り敷いていた。頭上の枝葉は暗闇に覆われていたが、雨露に濡れているせいか、路面の銀杏は不思議と色がついて見えた。その色付いた夜の街路を歩きながら、いつか洗面台の白光の下に見た、

鏡に映る自分自身の姿を思い出していた。

僕は奈々の生前の足取りを辿る為ではなく、吉村の死に関わりたいが為にレムを訪れたのかもしれない。罪が及ばない形で、吉村は言ったが、僕は罪に問われる形でもかまわなかった。より直接的な形で、彼の死に関わりたい。

週明けに、ホームセンターで白縄の縄跳びを買った。テルが縄跳びを用いて後に完遂したことを、日曜日の人々で読んで知っていた。〝頚骨折るわけじゃないんで、フィッシングに高さは要りません、十センチもあれば充分です。でも方法は記しません。僕はあなたがたを愛しているので、方法は記しません。〟

部屋へ戻ると、その縄跳びで、引き解け結び(スリップ・ノット)を何度も作った。近親者が自死すると、遺された人の自死率は何倍にも跳ね上がる、吉村は言ったが、残念ながら僕にそんな欲求は微塵(みじん)も無い。そして誰かが口にしていた〝別の嗜好を薄めている〟という文言をふと思い出しながら、白縄で新たな輪を作った。

その夜、洗面所で歯磨きをしていると、ひなのからショートメールが届いた。二十二時まで娯楽室のパソコン利用ができるので、チャットがしたいという。それでひなのと珍しく、他愛のないやり取りをした。ひなのはパンケーキが好きで、松任谷由実が好きで、「ピーターラビット」が好きだった。僕はチョコレートパフェが好きで、レディオヘッドが好きで、「夜のミッキー・マウス」が好きという話をした。文字になったほうが、会話が円滑に進むのは、どういうことだろうと考えたりもした。そのチャットを終えようという頃に、少し悪い知らせがあるの、とひなのは記した。

——好きな人ができたかもしれない。

——好きな人？

——わたしがその人と恋仲になったら、わたる君がショックで死んじゃうかもしれない。でもまだ、わたる君にもチャンスはあると思うから。

——じゃあがんばるよ。

——期待してるね。もうすぐ就寝時間だから、そろそろ落ちるね。おやすみなさい。

——おやすみ。

部屋の明かりを消して寝床へ入ったが、眠りは中々に訪れなかった。身体を起こし、ベッドの縁へと腰掛ける。暗い床の上に、白い蛇が横たわっている。それは自分が作った引き解け結びの白縄だった。

僕は暗闇の中でその縄を解き、今度はもやい結び（ボウライン・ノット）を作りながら考えていた。この白縄で吉村の太い頸を締め上げていったら、僕は掌にどんな感触を味わうのだろう——。


その週の終わり、廃品回収の際に、再び管理人に話しかけられた。彼は学生たちが出した雑誌の束を軽トラックへ放りながら、最近は通い妻さんを見かけないねぇ、などと洩らした。誰のことを言っているのか分からず怪訝な顔をしていると、

「両手にスーパーのビニール袋を提げた女の子が、よく来ていただろう。いつもおぼつかない足取りでふらふらと歩いていたから、よく覚えているよ。ありゃお前さんがスーパーまで付き添って、荷物を持ってやらないといかん」

ようやく誰のことかを理解し、今度からはそうします、と答えた。エントランスへ戻る途中で携帯電話が鳴った。杏子からだった。彼女は電話口で啜り泣いていた。南門の向こうを、古雑誌を積んだ軽トラックが通り過ぎていく。耳元では杏子の、静かな雨音のような嗚咽が続いていた。

吉村さんが——、杏子はそう洩らし、再び啜り泣いた。

4

「不眠と安息」　吉村秀夫

まず、一ヵ月以上にわたり、管理人でありながら無断欠席のような形でレムから遠ざかっていたことを謝罪したい。この無責任な行為もまた、僕の精神が衰弱していた証拠かもしれない。この間、僕は二週間を町田の病院で過ごし、また別の二週間をプーケットで過ごした。病院は治療の為であり、旅行は浪費する為だ。どちらも一定の効用をもたらしたが、帰国して一週間もすると、僕は治療と浪費以前と同じ不眠の状態に戻った。バルビツールによる眠りも三時間と保たず、僕は枕に頬を付けたまま、延々と目の前の暗闇を見つめているのだった。

不眠は何年もの時間を掛けて、時には十年もの時間を掛けて、ゆっくりと心身を蝕んでいく。これは僕の経験によるが、不眠は昼に肉体を蝕み、夜に精神を蝕む。日中は肉体疲労という分かりやすい形で身体に現れ、夜間は悪癖という形で精神に現れる。ここで言う悪癖とは、厭世的思考と取って貰ってかまわない。布団の中から暗い天井を眺めていると、ありとあらゆる悪い考えが湧いてくる。ときに僕は天井を眺めながら、自分の悪い考えが、暗闇の中に実像を伴って見える気がした。それは闇の中で、不思議と光沢を帯びたような、ゼリー状の流動性のものだった。その〝悪い考え〟を眺めるうちに、実像の形は、僕の記憶に拠るものだと気づいた。つまりそれは、幼少期に理科室の顕微鏡の対物レンズの向こうに見た、ミジンコやミドリムシの姿にそっくりだった。

　実の所、僕は行為へ移す為の明確な動機を欲していた。例えば、テル君のように学校での凄惨な虐めの経験がある訳でもなく、敦子さんのように幼少期に虐待を受けた訳でもない。両親は健在で、それなりに裕福な家で、大した不自由もなく育った。いつか誰かが、環境のせいにもできない、と述べていたが、それは僕自身にも該当する。そしてある日、僕は磯部さんの轢死(れきし)により、自死遺者となる。デプレッションは選択肢の消えていく病であるが、確かに僕の選べる未来は次第に限られていった。僕は幼少期に縁日で見た〝千本引き〟と呼ばれるくじ引きを思い描いた。あの赤い紐の先に景品が付いているくじ引きである。赤い紐の束が少しずつ減っていき、残った数本の紐を引いてみると、そこには〝首吊り〟だの〝飛び降り〟だの〝服毒〟だの記してあるのだった。

こうして言葉にしてみると、僕の思考は意外に幼少期の記憶と結びつきやすいようだ。それともこれは、誰にでも当てはまる一般的なことだろうか――、だとするならば幼少期に家族の自死を経験している磯部さんの外傷は、僕には想像も及ばない。磯部さん――、いや、もうここでは裕貴と記そう。裕貴は三十センチの隙間のことを、今でも夢に見ると語っていた。学校帰りの彼が、ランドセルを背負ったまま、自宅の隣の納屋で見た、母親の爪先から床までの、三十センチの隙間――。その三十センチの隙間は、おそらく彼自身の心身にも、三十センチの穴を生み出したことだろう。事実、彼が涙を流しながら僕の前で朝の会を行ったとき、その一件から十年以上が過ぎていたのだ。

僕が朝の会で学んだこと、それは、人間が個人で抱え込める感情には限界がある、ということだ。人間は感情を犬のように飼い慣らすことはできない。飽和した感情は暴力を伴って内外へ向けられる。外側へ向いた場合それは殺傷という形を取るだろうか――、内側へ向けられた場合それは例外なく自傷という形を取る。僕の独断を述べるならば、拒食も過食も不眠も自傷の一種だ。症状ではなく言葉で伝える、それが朝の会であったように思う。そして確かに、朝の会は人々に一定の効果をもたらした。涙を流して胸がすくという経験は、あなたがたにもあるだろう。朝の会も同じことで、してみると人々に語られていたことは、言葉ではなく涙そのものであったかもしれない。あるいは僕自身がいま記している、この言葉さえも――？

ではさようなら。僕は今年で三十歳になる。父母様、あなたがたよりも先に死すことを、どうかお許し下さい。僕の不眠の人生においては、裕貴と過ごした六ヵ月間だけが、唯一の安息のときだった。同時に僕の人生の誤謬は、彼の痛みに気づけなかったことだ。彼はいくつかの示唆を、症状という形で残していたにもかかわらず、僕はそれを見過ごしていた。僕は自分が、世界や物事を客観的に見ることに長けていると思っていた。それは僕の数少ない才だと思っていた。しかしあの六ヵ月間、僕はその才を完全に失っていた。

つまり僕は、裕貴との生活に、すっかり浮かれてしまっていたのだ。——

追伸
本稿は日曜日の人々に収録して貰えると幸いである。

*

吉村はこの手紙が納められた封書を郵便ポストへ投函した後に、中央線の特急列車に飛び込んで肉塊となった。

*

六〇八号室に届いた吉村からの封書は、全部で七通にも及んだ。一通が朝の会で、一通が約三年分の収支報告書、他の五通はレムの会員に個人的に宛てたものだった。その中に、僕に宛てた封書もあった。

――あの日、君に協力を頼んだのは、ひとえに僕の弱さによるものだろう。しかし僕は僕なりの考えで、ある結論に至り、このような手段を選んだ。これは僕の選択であり、君に一切の責任はない。レムに関しては、君とビスコに任せる。運営を続けるも閉鎖するも、どちらでもかまわない。実の所、僕はかなり早い段階で、君がなぜレムに来たのかを理解していた。君の朝の会を聞く機会はついぞ訪れなかったが――。君はまだ二十一歳と若いから、あらゆる人生の選択ができるだろう。僕でさえも、君と同じ年齢の頃は、多少なりとも世界に希望を見出せていたものである。

僕はその手紙を細切れになるまで破り、ゴミ箱へと捨てた。

*

死後に封書が届くよう生前に手配しておくやり方は、最初に磯部が行った。磯部の行為を真似たのか、吉村と奈々も同じことをした。そしてやはりそれは自死者の典型的な行動であり、一般的にもよくあることらしい。なぜそんなことをするのか、僕には分からない。葬儀に参列した杏子から聞いたが、吉村は生前に二百万円を両親の銀行口座に振り込んでいたという。その二百万円が何を意味するかは明白だった。鉄道事故を起こすと、場合によっては二百万前後の損害賠償が生じると、吉村は以前に洩らしていた。その行為も僕には理解しがたい。すでに自分が居ない世界に、金やら言葉を届けて、意味などあるのだろうか――。

吉村の葬儀は比企(ひき)郡嵐山町の実家で行われた。僕は参列しなかった。吉村の手記に記されていた〝父母様〟になど会いたくなかった。奈々の葬儀の際の伯父伯母の表情をどう形容したらいいだろう――、哀しみを悟られないようにか頬の肉も目頭も眉間も眉根も顳顬(こめかみ)も不自然に緊張しており、気丈と言えば気丈だが、感情と表情がちぐはぐで、人間の皮の仮面を被っているかに見えて不気味だった。いずれにせよ、吉村本人が記したように、この一件に、僕に一切の責任はない。僕が関わる前に、吉村は勝手に死んだ。仮にあの時雨の日に、自分が何か違う言葉を選択していたならば、吉村は死を思い留まっただろうか。だとしても、僕に責任はない。吉村は勝手に死んだ。

事実、幇助罪の嫌疑すらかけられていないのだから、僕に法的な罪はなく、したがって倫理的な罪もない。

そんなことを考えながら、土手沿いの桜並木を延々と歩き続けていることがあった。桜樹の葉はほぼ散り、黒い骨のような梢が十一月の寒空の下に重なり合っていた。ときに川縁まで降りて、水の流れを眺めた。その日は数羽のカルガモが水面をゆっくりと遊泳していた。大きなカモが一羽に、小さなカモが数羽、親子連れなのだろうか――、川辺から丸い石を拾い、そのカモの群れへ向かって投げた。不意に横顔に水飛沫(みずしぶき)を浴びたカモたちは、驚いて対岸へと逃げていった。やがて緩やかな波紋が、僕の足下へと達する。頭を強く振った後に、早歩きで土手の斜面を上った。

この頃、幾度となくビスコにメールを送った。レムが破綻しようというときに副管理人はどこで何をしている――、そう訝ったが、考えてみればレムがどうなろうが、僕にはどうでもいいことだった。とにかく現状を、ビスコに打ち明けたい衝動に駆られていた。あるいは、奈々の一件さえも？　なるほど、人々はこんな情動から、朝の会で発表をしていたのかもしれない。いずれにせよ、僕はビスコと話をしたかった。彼は菓子のビスコさえ食べなければ、優れた教師のようにして僕に人生の指標を示してくれる。

　週末、寝室を訪れると皆が何やらざわめいていた。ビスコが窃盗罪で逮捕されたのだという。勾留中のビスコに家族が接見し、その家族から杏子に連絡があった。ビスコの部屋はありとあらゆる盗品で溢れており、更にはどう盗んだのか分からないが、多額の現金や薬品関連まであったという。前歴があり悪質かつ常習であることから懲役刑は免れない、三年あるいは更に長期に及ぶかもしれない、そんな話をしていた。

　僕はもう苦笑するしかなかった。ビスコを食べれば幼児化し、ビスコを食べなければ窃盗をする人間など正常に社会生活を送れるはずがない、確かにあの男は社会から隔離するべき人間だったのだ――、そう考えてくすりくすりと笑っていると、ある抑うつ病者が僕の肩に手をのせて、泣かないで航君、と言う。僕は顔を隠すようにして、涙を袖で拭い、事務机へ向かって経理を始めた。部屋の片隅では、横田と多田が小声で小瓶に入った向精神薬の交換などをしていた。こうなってしまったら新しい管理人が必要だよ、と誰かが言った。このままではレムは解体してしまう、とまた誰かが言った。

「航君が管理人をやるべきだと思うよ」

僕は返事をしなかった。ただ人々の声を聞くうちに、体内で訳の分からない感情が渦巻き、電卓の液晶画面には意味を成さない数字の羅列が延々と続いていった。

「そうだ、航君が管理人をやるべきだよ！」

「僕もそれがいいと思うよ！」

「私も航君が相応しいと思う！」

「航君の火の神の啓示は素晴らしかったよ！」

「航君ならきっとレムを健全に運営していくことができるよ！」

僕はおもむろに席を立つと、横田から小瓶を取り上げた。横田は玩具を取り上げられた子供の瞳でこちらを見上げた。その薬物が詰まった小瓶を肩より上の高さへ持ち上げると、思い切り壁へと投げつけた。小瓶はけたたましい音を立てて割れ、辺りに硝子片と薬が飛散した。

「磯部や吉村のように、俺に管理人をやらせて、同じように死ねってことかよ！」

部屋は瞬時に沈黙に浸され、誰も声をあげず、身動きすらせず、皆が僕を見て静止していた。彼らの瞳には驚きや戸惑いよりも、怯えが色濃く表れていた。掛時計の針の音だけが、こつこつと室内に響いていく。部屋の片隅から、女の啜り泣きが聞こえてきた。その泣き声は伝播するように、別の片隅からも響いてきた。そうしていくつもの泣き声が重なるうちに、僕は再び感情の渦を覚えた。頭の中が痺れる目眩に似た渦であり、それはすぐにでも暴力に転化し兼ねない発熱だった。僕は床に散らばった薬物を乱雑に一掴みし、玄関へと向かった。すると誰かに腕を引かれた。腕を引いたのは杏子だった。彼女は瞳に涙を溜めて、行かないで航君と訴えた。僕はその腕を振りほどき、部屋を飛び出した。

赤や青や橙色のアルミシートに入った毒薬のような錠剤をいくつも口に放り込み、それを嚙み砕きながら歩いた。どこをどう進んだのか、いつの間にか電車に乗り、自宅マンションの敷地へと帰着していた。正門を通るときに足下がふらつき蹌踉めいて転び、エントランスへ辿り着くまでにもう一度転んだ。玄関ドアを開けると、山積みになった古書が窓からの西日を浴びていた。麻紐で十字に縛った古書の束を引っ摑み、壁へと投げつける。鈍い音を響かせて、本の束はばらばらになり床の上に散らばった。白い背表紙の本に、真新しい赤い汚れが付着している。手の平を見ると、中指と薬指の付け根が赤く裂けている。錠剤を摑んだときに、硝子片で切ったらしい。

すでに血液は凝固して赤塊になっていたが、傷口がそこにあると気づくと俄に痛みを覚えた。その痛みはむしろ心地よかった。洗面所で剃刀(カミソリ)を手にし、台所の流しで手首を薄く裂いた。それはあの連中がやっていたこととは、意味合いが違う。痛みがない、ということに僕は常々興味を持っていた。云わば一つの人体実験だった。肉の裂け目からは紅色の血液が溢れ、切口の端から皮膚を伝った。流しのステンレスに、たつりたつりと二三の赤い斑点が落ちる。痛みはない。傷口が浅いのだろうか。一文字の赤い線の隣に、再び剃刀を当てる。今度は確かに、刃先が肉へ埋まるまで差し入れて手前へと引いた。肉の裂け目から確かな量の鮮血が湧き出し、ステンレスはみるみる赤黒く染まっていく。痛みはない。二本目の線の隣に三本目の線を引いたが、痛みはなかった。

　部屋に包帯などないので、傷口にはラップを巻いた。ベッドに腰掛け、テレビ画面のニュースを眺める。キャスターが明日の天気を伝えているが、目の前の現象が理解できない。この女は明日の天気を伝えてどうしようというのだろう。いつしか僕はテレビ画面ではなく、ラップに包まれた自分の左手首を見つめていた。血液と気泡がビニールに押されて、赤い被膜になっている。指の腹でその柔らかい被膜を触診していると、再び暴力的な感情が湧いてきて頭を強く振った。戸外の空気を吸おうと玄関へ向かう。ドアノブへ右手を伸ばしたとき、その手に再び剃刀が握られていることに気づいた。血痕の付着した刃は、僕を誘うような銅と血液の混じる赤黒い光沢を帯びている。再び頭を強く振り剃刀を放り投げた。金属の音を響かせて、剃刀は居室へと転がっていった。

土手沿いの桜並木を黙々と歩く内に、いつしか道を外れ、気づくと駅前通りに出ていた。あのゲームセンターを通りかかる。店内はあいかわらず、中高生で賑わっていた。ひなのが朝の会に記していた〝ミオちゃん〟が何を指しているのか、ようやく理解した。ミオちゃんというのは、あの日クレーンゲームで得たぬいぐるみのことなのだろう。確かに寝室には、ひなのが忘れていったらしいクマのぬいぐるみが棚上に飾られていた。ひなのに必要なのはカロリーであって、ぬいぐるみではない。でも僕に重要でなくても、ひなのには何か大切な意味があることだったのかもしれない。クレーンゲームの硝子ケースに、手の平と額を押しつけていた彼女の姿を想起し、途端にぬいぐるみを届けなければいけないという焦燥に駆られた。

電車を乗り継いで再び寝室を訪れる。会員はすでに皆が帰宅しており電気も消えていた。合い鍵で室内へ入り、棚上に横たわっているぬいぐるみを引っ摑み、それをリュックに押し込む。再び駅を訪れると、中央線快速は人身事故で遅延しているとの情報が流れていた。僕と同じドアから乗車した尚人と同じ年頃の数人の少年が、新宿駅の一角にブルーシートが張ってあったという話をしていた。僕はドア横に立って流れていく街並みを眺めながら、少年たちの目撃談を聞くともなしに聞いていた。途中でドア窓の向こう側の空間に、薄笑みを浮かべた僕自身の顔がぼんやり浮かんでいることに気づいて口元を袖で覆った。

列車が都心部を離れると、車窓の向こうには夕景の街並みが続いた。二階建ての庭のある家、ブランコと滑り台のある児童公園、中型の食品スーパー、赤い看板のクリーニング屋、青い看板のベーカリーショップ、学習塾の入った雑居ビル――、それはひなのが記していた郊外の街並みであり、同時に僕自身が幼少期を過ごした街並みでもあった。未だ大人への憧憬を持っていた頃の風景――、次第に僕の中の暴力は静まり、涙の側へ引き寄せられていく。

駅が近づいて列車が減速すると、コンクリートの鉄道柵の向こうに、帰路を辿る人々の姿が見えた。自転車に乗った背広姿の男が、電車と並行して走行している。年齢は三十代後半だろうか、僕はふいに彼の人生の断片を想像する。彼が二階建ての家の玄関ドアを開けると、妻は台所で夕飯の支度をしている。中学生の息子は反抗期で素っ気無く、でも九歳の娘はまだ甘えたい盛りで、帰宅した父親を出迎える。鞄を置いたばかりの父親の腕を、ぎゅっと摑んだりする。妻は出迎えをしないが、しかし彼女は夕飯のビーフシチューを木べらで混ぜながら、ふいと夫であり父親である彼を見て、お帰りとだけ言う。それは郊外に散らばる無数の家の中で、日常的に繰り返されている光景かもしれない。

幼い頃に読んだメーテルリンクの童話を思い出す。あの物語はおそらく正しい。幸福は日常の中にある。日常を得る為に、人々は勉強をし、大人へと成長し、仕事に従事し、やがて年老いて安らかに死ぬ。自分の手首を見遣る。三文字の切口は血塊に覆われている。ラップは凝固した血液の形の不規則な輪郭を作っている。その不健全な左手首を、誰にも見られないように右手で強く握り締めながら思う。

――奈々も吉村もビスコもひなのも、結局は子供だったんだ。大人になれないから、死人やら病人やら犯罪者になるんだ。俺はいつか、ビスコに作品を作りたいなどと言ったが、そんな夢は子供じみている。作品を作って幸福など得られない。考えてみれば、優れた作品を遺した多くの人間が、自殺に発狂、銃殺ギロチン絞首刑とろくな最期を遂げていないじゃないか、俺はそんな過ちは犯さない、俺は大人として日常を過ごし、家族に囲まれて、ゆっくりと衰弱し、安らかに死にたい！

T駅で電車を降り、茜色の街並みの中をN中央総合病院へ向かって歩きながら、僕は水曜日の十二時を思い出していた。料理を褒められて、俯いて八重歯を覗かせていた彼女の姿――、選択を誤らなければ、僕はそれを日常にすることもできる。僕はこのとき、初めて能動的に未来を考えた。僕が復学する頃に、ひなのも退院できるかもしれない。僕は一年遅れて大学を卒業し、多くの学生と同じように会社員として働くかもしれない。ひなのは就職せずに、近所のコンビニでパートをするかもしれない。贅沢をしなければ、二人で生活していくことに支障はないかもしれない。銀行で住宅ローンを組めば、三十を過ぎる頃には郊外に庭のある家を買えるかもしれない。あの線路沿いの道で自転車を走らせていた男と同じように、僕は目の前の幸福を得るかもしれない。凡庸で、ゆえに健全に営まれていく、日常を得るかもしれない。吉村の助言は正しい。僕は未だ多くの選択肢を有しており、〝希望〟や〝幸福〟などが記された赤い紐を引き抜くこともできるのだ。僕の胸は高鳴り、次第に早歩きになり、しまいには小走りになった。エプロン姿のひなのが、夫であり父親である僕を見て、八重歯を少し覗かせて、おかえりと言う——、僕はそうした未来まで、すでに思い描いていた。

N病院へ着く頃には、もう太陽は西の稜線へ沈んでいた。診療受付はすでに終了しており、待合室に患者の姿はなく、通路の電気もところどころ消えていた。それでも受付で病室と名前を告げてみると、親切にもすぐにひなのが入院している病棟へ内線を繫いでくれた。担当の福田という看護師が来るので、少し待っていて欲しいという。僕は長椅子に腰を下ろして、看護師の到着を待った。やがて通路の奥の暗がりから、看護師のものだろうサンダルの音が、こちらへと近づいてきた。

*

ええ、あれからすぐのことなんですよ。少しずつ体重が増えて、感情に起伏が出てきて、表情も明るくなって、私たちも、きっともう大丈夫と思っていた矢先なんですよ。病棟の廊下を、杖をついて歩いていたときに、ふいとよろめいて、その先が階段だったんですよ。本当に、一瞬の出来事でした。階段といっても、南棟の階段は十段ほどの短いものなんですが、ひなのちゃんは全身の骨が脆くなっていましたから、頭部の皮下脂肪も殆ど無い状態でしたから、脳が、何にも守られていない状態なんです。外科の先生から聞きましたが、頭蓋骨が何ヵ所も陥没してしまっていて——、本当にどうしてこんなことになってしまったのか——。

＊

〝モーニング・コール　四月十日　十六時四十六分録音
文字起こし担当、及び表題、吉村〟

「それでもお願いだから」　ナナ

ラムネを一錠。私はこの朝の会を、途中までしか紙に記していません。だから即興芝居のような、取り留めのないものになるかもしれません。実の所、私は自分自身のパズルすら、バラバラのピースのままです。Aの掘削はきっかけに過ぎない。病理の根はそれより五年前にあることを、私は知っています。お父さんが脳溢血で倒れたというのが、嘘だってことを、私は知っています。なぜあの日に限って、母の嘘に気づいてしまったのでしょう。母も憔悴していたから、上手に嘘をつく余裕がなかったのかもしれない。あるいは私がまだ子供だったから、幼さゆえの勘で、違和感を覚えたのかもしれない。

ラムネを一錠。棺の中で、菊の花に囲まれて、安らかに眠っているお父さん――、私は水を含んだ綿でお父さんの唇を拭う間も、お父さんの首元に掛けられている牡丹模様の敷布を、ずっと見つめていました。夜半過ぎ、トイレに起きた私は、月明かりの中、畳部屋に立ち寄り、桐の棺桶の小窓をそっと開けました。棺の中へ手を伸ばして、その牡丹模様の敷布を捲ると、月光の下にもはっきりと見えました。お父さんの、白い太い頸周りの皮膚を一周している、青紫色の天使の輪が――。私はその一瞬以降の記憶が欠けている。葬儀のことも、火葬場のことも、墓地のことも、何も覚えていない。私が思い出せるのは、月明かりの中に見た、青紫色の天使の輪のことだけ。

ラムネを一錠。あの日から、私の容器には穴が空きました。容器に注がれた愛情は、静脈から溢れる血液みたいにして、全部私から洩れていきます。血液の入った赤黒い容器を陳列したって、意味なんてない。それでも私は、目に見える愛情が欲しい。皮を被ったお母さんでもなく、偽者のお父さんでもなく、本当のお父さんの愛情が欲しい。でも本当のお父さんは、紫色の大きな天使になってしまったので、それはもう叶いません。今では居ない人から受け取った愛情を思い出すなんて、私には無理。私は誰かに復讐したい。私は誰かを傷つけてやりたい。先生の助言は間違ってる。物を壊しても誰も傷つかないし、氷を握っても血は出ない。私は誰かの肉を裂いて血を見たい。

ラムネを一錠。私の人生の過ちは、幼さゆえに容器の穴に気づけなかったこと。十三歳の私も、十四歳の私も、十五歳の私も、容器の穴に気づけないまま、日常を過ごしていた。自己弁護します。容器の穴に気づいていたなら、私はAの掘削に抗えた。容器が空だったから、私はAに流されてしまった。帆柱(マスト)の折れた船のようにして。そして白状します。私は正直に語るべき場で虚偽の申告をした。〝私はただ、無感覚に穴を開けられる日々を過ごしました〟私は皮を被った女になってそう取り繕った。本当の所、それを出し入れされる度に肉体に積み上がる恍惚を、次第に無視できなくなっていたくせに。私はAの男性的な胸に抱かれたときなど、安堵すら覚えていた。そして掘削に快楽を覚え始めた頃に、私は緑色の生物を宿した。

ラムネを一錠。私は緑色の生物に首吊り自殺を強要したのだから、教唆でも幇助でも同意殺人でもなく、殺人をしたのだから、相応の懲罰を受ける必要があります。裁判の傍聴席には、友人、知人、親族を含めて、沢山の人々が居ました。証言台には参考人としてAが立っていました。裁判だというのに、彼はあの頃と同じ格子柄のシャツなど着ていて、私は憤りよりも懐かしさを覚えました。考えてみれば、彼もまた、私のお父さんなのです。そして私に下された判決は、電気コードによる絞首刑、ただし情状酌量としてラムネの使用を認むる。

ラムネを一錠。後に誰かに罪が及ばないよう証言しておきます。このラムネは吉村さんから譲渡されたものではなく、私が勝手に盗んだものです。その他にも何種かのラムネを、私は何人かのタッパーから少しずつ盗みました。そしてこの電気コードも、私が望んで、ホームセンターで購入したものです。私の行為に、私は誰の手助けも得ていません。なぜこの期に及んで、×ちゃん（音声聞き取れず）に無責任なことをしたのか、それは私にも分かりません。私の躊躇(ためら)いのせいかもしれない。私の周りで何人かが死を選んだけれど、死を覚悟している人なんて見たことがない。私が電気コードに首を通すことは、手首を薄く裂くことと同義です。だから自死ではなく、事故に該当するのかもしれない。もしかしたらお父さんの死も、あるいは愛しい緑色の生物の死も——？

ラムネを一錠。あと半時もして、眠りに落ちて、ドアに接している背中が滑り落ちたならば、私の四十五キロの体重で、この臍帯みたいな白い電気コードが頸の根に絞まっていきます。そういう結び方をしてあります。でも上手くいくのかどうか、私にも分かりません。私はまた何事もなく目を覚ますかもしれない。何事もなく目を覚ましたなら、きっと夕飯にレタス炒飯なんかを作って、夜には布団でぐっすり寝て、明日の朝には目玉焼きなんて食べて、何事もなく……ひっくひっく……学校へ行くのだと……ひっくひっく……わたしは小石もパンも持っていないから……ひっくひっく……暗い森に置いていかれたら、もう帰ることができないから……ひっくひっく……わたしはそのときのことを考えると、心が真っ黒に塗り潰されてしまうから……心も体も、意識も言葉も、暗闇に塗り潰されてしまうから……ひっくひっく……わたしが満たされることはないとしても……わたしが祝福されることはないとしても……それでもお願いだから！

わたしを見捨てないで！　わたしを見捨てないで！　わたしを見捨てないで！　わ

ああああああああ！

*

「パーティー」 no name

関東地区でパーティー希望です。
年齢や性別は問いません。
直前になってやめてもらってもかまいません。
コンロなどはこちらで用意できます。
wklgduirm@ ×××××.ne.jp 平田まで。

2003/11/16 (sun) 18:06

5

男の身長は百八十センチはあるだろうか、短髪に銀縁の眼鏡を掛け、顎下には剃刀負けをしたらしい赤い湿疹がふつふつと浮いている。男は透き通るような藍色の瞳で僕を見下ろし、駅前のロータリーに停めてある銀色のバンを指さした。そのバンへ向かう途中、男の巨軀から白檀に似た香の匂いがすることに気づいた。それが平田という男だった。

バンの座席には、すでに二人の男女が座っていた。華奢な体つきの髪の長い女と、中肉中背の若い男。僕は三列目の左側の座席に座った。バンは山手通りをいくらか走った後に、首都高速中央環状線へと入った。車内で話をする者はいない。カーステレオからは延々と古い歌謡曲が流れていた。それは平田の私物であるカセットテープらしかった。一時間ほど車を走らせ東北自動車道へ入る頃になると、住宅やビルやマンションは姿を消し、道路沿いには山林ばかりが続いた。

バンは日光ＩＣで高速を降り、更に市道をいくらか走った所で山道へ入った。蛇行する道路を上り下りし、いくつかのトンネルを抜け、三叉路を左へ進んだ後に、長く緩やかな坂を登り始めた。頭上は常緑樹の緑で覆われており、車内にも薄い木漏れ日がちらちらと落ちた。その頭上の緑があるとき開け、坂の途中に広がる平地へと出た。平田がハンドルを回すと、フロントガラスの向こうに、モルタル壁の二階建て家屋が見えた。バンはそこで停車した。

平田と共に僕たちも車外へと降りる。一帯には杉や樫や赤松や楠といった喬木が林立し、名も分からぬ灌木や雑多な常緑植物も自生して繁茂していた。ワークショップで見た登山道とは違い、森の密度が濃い。その密林の中で、自分たちがいる場所だけが楕円の空洞になっていた。駐車スペースには別の一台の桃色の軽自動車が停めてあり、運転席から小柄な男が降りてきた。禿頭に赤ら顔の小男――、二階建て家屋の住人かと思ったが、平田とのやり取りを聞く限りどうもそうではない。事実、家屋の玄関ドアは、巨大な南京錠と錆びた鎖で施錠されている。モルタル壁の大部分は深緑色の蔦植物で覆われており、室内を覗うことはできない。二人のやり取りからは、一九八〇年だの都市計画法だの非線引区域だの聞こえてくるが、意味は汲み取れない。恐らくは長年使われていない別荘宅か何かなのだろう。

家屋の前庭には、木製ベンチとテーブルがある。バンの二列目に座っていた男女は、そのベンチに腰掛けた。男が蜂蜜（ハチミツ）、女が芽衣（メイ）という名前だと、メールで聞いている。僕はテーブルからやや離れた場所にある、丸太椅子に腰を下ろした。バンから平田がやってきて、テーブルに三段重ねのランチボックスを置いた。

「これは君たちのぶんだから」

平田はバンへ戻ると、トランクを開け、七輪のようなコンロを両手に提げてやってきた。少し遅れて、段ボールを抱えた小男がよたよたと歩いてくる。小男は平田の指示通りに行動する、平田の助手のような人物だった。禿頭と赤ら顔のせいか、年齢はまるで分からない。メールでもこの小男については一切聞いていない。眼球の白目の領域が広いせいか、目玉が眼窩から迫り出して見える。小男は更にもう一つ、トランクからコンロを持ってきて丸太椅子の上へ置いた。地べたに四つん這いになり、土が露出するまで朽ち葉を払うと、そこへ三つのコンロを設置した。

小男はポケットから小刀を取り出し、段ボールのガムテープを裂いていく。段ボールには、親指大の風穴が幾つも空いたどす黒い筒が収まっていた。その漆黒の筒をせっせとコンロの中へと詰め、コンロ外側に複数ある空気穴を銀色のアルミテープで塞いでいく。筒の上に杉落葉を載せてマッチの火を放ると、瞬く間に炎があがった。辺りに石油と薬品を混ぜたような目に染みる臭いが漂う。それが練炭コンロだった。背後からラムネでも嚙み砕く音が聞こえ、振り返ると、蜂蜜がランチボックスに詰まっている大量の錠剤に手を伸ばしていた。

蜂蜜はパーティーの為に、四国から上京したという。車内に居た頃とはうって変わり、彼は饒舌になっていた。ベタと銀ハルを混合（カクテル）しているからだろう。蜂蜜がパーティーに参加するのは二度目だという。最初のパーティーは七月下旬に長野で行われた。参加者は三人の予定だったが、一人がレンタルビデオを返し忘れたという理由で途中辞退し、結局は二人で開催した。相手は十七歳の少女で、蜂蜜の好みの容姿だった。パーティー中、女は眠剤で朦朧（もうろう）としていたので、蜂蜜の問いかけに曖昧な返事をした。彼はそれを合意と理解し、少女の衣服を剝ぎ性交に及んだ。皮肉にも、女は予定通り死に、蜂蜜は意識不明のまま救助された。女の司法解剖の結果、膣から彼の精液が検出され、面倒なことになった。睡眠薬を使った強姦致死罪にまで発展しかけた。しかしレンタカーやコンロや練炭は、途中辞退した男が用意したこと、メール履歴から、少女の主導でパーティーの準備が為されたことが明らかになり、蜂蜜は幇助罪に問われることなく放免になったという。

「そういえばあの女、実父に悪戯をされていたことが、パーティー参加の理由だと言ってたな。子供の頃は頭が呆けていて、悪戯されている間なにも感じなかったけど、大人になってみたら、そのとき保留にしていた感情が腐っていたとか言ってたな。だからパーティーで人生を清潔にするって。そのパーティーの酣（たけなわ）に強姦まがいのことをして、本当に悪かったな。だって人生を清潔にする最期の瞬間に、あの女の膣内には他人の精液が入っていたわけだしな。ところで、君はなぜパーティーに？」

「幇助に関わって、面倒になったので」

「何人？」

「三人」

「そりゃ結構なもんだ。執行猶予つかないんじゃない？」

もう一人の参加者である、芽衣という名前の若い女。芽衣はテーブルから移動し、倒木に腰掛けて、冷えた手の平を練炭コンロの炎で炙っていた。サイズの大きい栗色のダッフルコートを着て、背中を丸めている。化粧は薄く、しかし睫毛にだけ黒いマスカラをダマになる程にたっぷりと載せている。二十歳の短大生と聞いていたが、それは嘘だろう。容姿からしてとても成人しているようには見えない。芽衣は平田からもらったタッパーを片手に、ときに銀ハルをぽりぽりと噛んでいた。彼女のダッフルコートのポケットでは、携帯電話のバイブが振動と停止を繰り返していた。

どさりという物音が聞こえて顔を上げると、芽衣が倒木から草地へ転げ落ちていた。銀ハルが効いているのだろう。倒木へ手をついて立ち上がろうとしたが、上半身が左右に揺れて再び転倒した。仕方なく、芽衣を抱きかかえて起こしてやる。彼女の頬を覆っていた長い髪が、後方へと垂れる。寒さのせいか、炎のせいか、白い頬には赤味が滲んでいた。その血の色の染まり方を見て、ふと彼女は高校生かもしれないと思った。僕は殆ど無意識に自身の道徳を探った。でも言葉は生まれてこなかった。芽衣のポケットでは再び携帯電話が震え、そして停止した。

倒木へ座り直した芽衣は、うつらうつらしながら、独り言を洩らし始めた。殆どは意味の分からない言葉の羅列だったが、ときに意味の汲み取れる言葉の連なりもあった。——一日だけなら誰だって我慢できるけど、毎日続くならゆっくり消耗していく、延々と平泳ぎをすることはできないし、それでも月曜日は平等に訪れるし、クラス替えがないなら、この辺りが潮時――、わたしは高所恐怖症だから、足が震えちゃうから、心が死にたいと思っても、肉体が死にたくないと思っていたのかも、今日はダメそうとか、明日はできそうとか、でも死体が悲惨なことになるのはイヤ、みんな気にするよね、関係ないのに、不思議だな、綺麗に、眠るように、でも百錠でも無理だから――、練炭の死体は、皮膚が鮮紅色に染まるから、きっと全身に薔薇が咲いたみたいに、綺麗だろうなぁ――。

どさりと物音を響かせて、芽衣は再び草地へと落ちた。僕はもう動かなかった。コンロの小窓の中で揺らめく炎と焼けた赤い炭とを、無為に眺めていた。ふと地べたに、自分とは違う影が伸びていることに気づく。振り返ると、背後には芽衣が突っ立って、硝子のように澄んだ瞳で練炭コンロを見下ろしていた。その瞳を見て意識は虚ろなのだと思ったが、しかし明瞭な口調で、

「小さい頃にもよく庭でバーベキューをしたな。お父さんがドラム缶コンロで肉を焼いて、お母さんが台所で野菜を切って、弟はすごくはしゃいでいたけれど、わたしはなんだか恥ずかしかったな」

芽衣はおぼつかない足取りで、枯葉を踏み砕きながらバンへと戻っていった。芽衣の座っていた場所には、背骨を折られた携帯電話が、赤白の配線を剝き出しにして転がっていた。

密林からは、鳥の囀りも、虫の音も聞こえてこなかった。コンロの中で炭の弾ける音だけが、淡々と辺りに響く。冷たい風が通り過ぎ、乾いた落葉を転がしていく。一帯に繁茂する灌木が何なのか分からないが、唯一知っている植物がヤツデだった。家屋の軒下や、前庭の隅や、樹木の根方で、点々とヤツデが自生しており、七股に裂けた分厚く大きな葉を垂らしていた。頭上を見上げると、そこには樹木で楕円に区切られた、薄い青い冬空が広がっている。太陽は見えない。吐く息は白い。再び風が落葉を転がし、僕はコンロの炎を見つめて肩を竦めた。

バンの中で何か作業をしていた平田が、コンロの様子を見にやってきた。片手に紫色の数珠を手にしている。その数珠から粒を捥いで、口の中へ含む。平田が近づくに連れて、それが葡萄の果実だと気づいた。平田はコンロの前で屈み込み、アルミテープで塞いだ空気穴の一つ一つを入念に確認していく。僕の背後では蜂蜜がテーブルに突っ伏して、涎を垂らしながらぶつぶつ呟いていた。子供だった俺に暴力を振るい続けた親父を殺す、親父の代弁者であるお袋を殺す、ビタミンRを処方しない中原医院の院長を殺す、でも三人も殺すのは億劫だから、俺自身を殺す、それで復讐は果たされる——。

「薬は飲んだのかい？」

「吐き止めは飲みました」

「シラフでやるのは止めたほうがいい」

「なぜ？」

「死ぬのは怖いだろう？」

平田は巨軀を折り曲げて、倒木へ腰を下ろした。葡萄の房を摘まんだ指には、黒々とした縮れ毛が斑に生えていた。果実を口へ運ぶときに気づいたが、手首にはセイコーの銀色の時計を嵌めていた。文字盤の中では、秒針がかちりかちりと時を刻んでいる。時刻は午後三時を少し過ぎた頃だった。平田は最後の一粒の葡萄を口に運び、地べたへ皮を吐くと、コンロの小窓を見つめ、これはいい炎だ、などと一人で洩らす。空洞の瞳に赤々と炎の陰影が揺らめき、初めて彼に生気を覚えた。裸の果梗を捨てると、今度はコートのポケットから、菓子の紙箱を取り出した。それは僕にも見慣れたチョコレート菓子だった。平田は繁々と紙箱を眺め、この菓子は四二七のカロリーがあるね、などと洩らした。人間が生きていく為には、毎日この菓子を四個は食わねばならないわけだ。

僕はこの平田という男を理解しきれないでいた。間接的にとはいえ、これから何人もの人間を殺す男が、これほど冷静に、事務的に、その支度を行えるものだろうか。あなたはなぜパーティーに？　平田に尋ねてみる。すると平田は不思議そうにこちらを見つめた。唇の端から、砕けたビスケットがぼろぼろと零れ落ちる。彼はチョコレートで汚れた口周りを袖で拭うと、

「悪いけど、私は君たちを人間とは思っていない。だから君も私を人間と思わないでいい。目的を達する為の、道具だね。動いたり、声を発したりする、人間そっくりな造形の、人間のようなものだね」

「パーティーに参加する人は、やはり皆が死ぬ覚悟を？」

すると平田は菓子を噴き出して、喘ぐような奇妙な高笑いを洩らした後に、

「死ぬ覚悟って、いったい、いつの時代の話をしてるんだい。覚悟なんて要らないよ。生きることがファッションになりえるんなら、死ぬこともファッションにしてし

まえばいい」

　後方からばりばりという剝離音が聞こえてきて、振り向くと、小男がバンの近くでビニールテープを引き伸ばしていた。その黄色いビニールテープを、窓の隅へ慎重に貼り付けていく。蜂蜜はテーブルに頰をつけ、やはり唇の端に泡を溜めながら、虚ろな上目遣いで訳の分からない旋律を口ずさんでいた。——ヘモと一炭(イッタン)、大の仲良し。手を繫いだら、離れない。サンソなんかと、遊んでやらない。赤血球は、一炭運んで大忙し。宿主である、気狂い道化師(ピエロ)。念願叶って、あちら側。去年も三万、今年も三万。飛び込み、首吊り、硫水中——、みんな大好き、練炭コンロ。

「そろそろ始めようか」

　平田は倒木から立ち上がると、両手に軍手を嵌め、コンロのつるを持ち、バンへと歩いていった。残った一つのコンロも、小男がやってきて運んでいった。コンロの置かれていた三つの丸い痕の周囲には、未だ果汁に濡れたままの藍紫色の皮が散乱していた。

　すでにバンは内側からも外側からも、ビニールテープで目張りされていた。唯一目張りの済んでいない助手席のドアから、皆が乗車した。車外へ残った小男が、バン全体にシートを被せた。ピクニックなどで使う、赤、青、黄色と縦線の入ったレジャーシートだった。冬の淡い陽光の加減で、それは七色に映ることがあった。蜂蜜が薬物で昏睡していたので、席順が変わった。運転席に平田、助手席に小男、二列目に僕と芽衣、三列目に蜂蜜、そしてトランクには三つの練炭コンロ。

小男はどういう訳か、飛行士が使うような分厚いゴーグルと透明なプラスチックマスクを付けた。練炭は目に染みることがあるけんね。そして彼は金属の輪を皆に配った。受け取ってみると、それは手錠だった。その鈍色の手錠は、玩具ではない確かな重みがあった。意識を喪失した後に、無意識に外に逃げ出してしまうことがあるけんね。意識がないのに、無意識ってのも変やけどね。でも手錠で繋いでおけば、逃げられんからね――。各々が、ヘッドレストの軸などに手錠を繋いだ。無機質な金属の音を響かせて、僕の左手首にも、冷たい鉄の枷(かせ)が嵌められた。軽く腕を引いてみるが、鎖が軋り、それ以上は動かすことができない。小男は手錠の鍵だと思われる金属片の入ったビニール袋を、窓の外へと放った。そして最後に残された助手席の窓を、粘着テープで目張りした。

「それでは皆さん、ごきげんよう」

車内から人の声は途絶えた。蜂蜜は後部座席で横たわったまま昏睡しており、芽衣は座席に深く身体を沈め意識は虚ろだった。小男はゴーグルを掛けた状態で、真っ直ぐ前方を見つめている。僕の座る位置から平田の姿は見えないが、バックミラーに彼の顔の一部がちらりと映った。背後からはときに、木琴でも叩くかの練炭の弾ける音が響く。車内の一酸化炭素の濃度は、少しずつ増している。目には見えない、死の濃度が増していく。この瞬間にも、体内で着々と死は育まれている。ある段階を超えれば、蜂蜜の歌った、あちら側へ立ち入ることになる。フロント硝子の向こうでは、七色のレジャーシートが微風に揺れていた。

その七色を眺めるうちに、車中に漂う仄かな甘い匂いに気づく。後方で木琴が響く度に、木蓮に似た花の匂いが舞う。中毒の初期症状だろうか、その芳香が鼻腔を抜けて僕の体内に取り込まれる度に、恍惚が積み上がっていく。窓外では、七色の羽衣が揺れていた。小男のゴーグルも手伝ってか、この鉄の箱は上空を浮遊しているかに感じた。牛乳に近い甘味が、口腔内にじわりと広がっていく。これは僕が赤子のときに口にした乳の味ではないかと、勝手に想像した。木琴の音と、木蓮の香りと、乳の甘味に浸されるうちに、僕は次第に満たされていった。

瞳を閉じると、瞼の内側に、直前まで網膜に映っていた光の加減で、半透明な白い線が見えた。白い線は僕の意識によって、いつか暗闇に見た白蛇へと様態を変えていく。その白蛇は鈍色の瞬きに頸根を裁断され、二つの線になり、やがて闇の中へと薄れていった。安らかな死も、苦痛を伴う死も、意識される死も、意識されない死も、すべては区別されず誰もがその瞬間には祝福を受けているのかもしれない——、七色の甘露に浸りながら思う。あの郊外の夕景に、幸福は日常の中にあると考えたが、それは間違いだった。幸福は練炭の中に含まれている。僕は柔らかな敷布に包まれて揺すられるかの感覚に堕ちていった。その七色の揺りかごに揺られながら、鎖した瞼の中で、最期にそっと意識の瞼を閉じた。——

黒い雫がぽつりぽつり落ちてきて、白い敷布に滲んでいく。一つの斑点が隣の斑点と繋がり、繋がった斑点がまた別の斑点と繋がる。滲みが広がっていく。それは水溜まりが出来上がる過程と同じだった。黒い雨が降り、黒い雫が弾け、黒い水溜まりが作られていく。

瞼を持ち上げたとき、その黒い斑点の一つが目の前を横切っていった。黒点は中空を旋回するようにして、前方の座席へと消えていく。その刹那、二枚の薄い翅が銀色に瞬いた。蝿——？　しかし密閉された車内に、蝿などいるはずがなかった。バックミラーの中に、あるはずのない巨大な深紫色の塊が映り込んでいる。人間——？　その塊の周囲には無数の黒い点が群がり、近づいては離れてを繰り返していた。ぶくぶくと膨れた葡萄色の肉塊は、確かに朧気に人間の形を残していた。眼窩、鼻腔、口腔といった人間の開口部の中には、大小の艶やかな蛆蟲（うじむし）が隙間なく詰まり、蝿は水分の残る血肉の部分に群がり、尻を細かく震わせて産卵管から新しい卵を産み付けていた。その鏡面の光景に僕は悲鳴をあげようとしたが、声が出ない。ぴくりとも四肢を動かすことができない。

鏡から視線を落とすと、ダッシュボードに寄り掛かるようにして、別の肉塊がある。鏡と肉塊を交互に見遣る。その肉塊は鏡面の世界ではなく、確かに目と鼻の先に実在する現実の屍体だった。顳顬（こめかみ）から後頭部にかけてゴムバンドで縛られており、頭部は瓢箪の形に絞られ、両耳の穴からは深緑色の腐汁が垂れていた。蝿はやはりその液汁の周囲に群がっては、頻りに尻を震わせている。頭部の表皮は殆ど喰い破られて蛆が詰まっていたが、密閉されているゴーグルの中には、比較的に新鮮な二つの白い眼球が転がっていた。口元を覆う透明な容器には血膿の混じる嘔吐物が充満し、その中に白い粒々が混ざっているが、それは蛆ではなく上顎や下顎から脱落した前歯だった。金銀の詰物の被せられた奥歯は、その赤土色の溶液の中で生々しい光沢を放っていた。眼前の光景が理解できない。理解できないままに無数の黒い蝿は中空を舞い、屍骸（しがい）は膨れ、蛆は湧いていく。

　そして僕の股の間にも、同じように腐敗して膨張した屍骸が横たわっていた。人間の名残だったものは脱落しており、年齢も性別も何も分からない。長い黒髪が垂れていることから、ようやく女であると分かる。その髪の垂れる頭部も大部分が肉ごと剥離しており、場所によっては白い頭骨が覗いていた。眼球は抜け落ちて目尻から振り子のように垂れているが、しかし二つの眼窩には瑞々しい白い眼球が確かに収まっている。この女には目玉が四つあるのだろうか、よく見ると眼窩の目玉は細々（こまごま）と渦を巻くように蠢いており、内部に無数の蛆が棲んでいるのだと理解した。視界の端に映る後部座席にも、同じように膨張した一体の屍骸が仰臥し、蝿や蛆の餌になっていることを認めた。隣席や足下には、青黒い腐肉と共に、なぜか大量の大粒の小豆が落ちていた。幾つかの小豆は二つに割れ、裂け目から牛乳の膜のような物が膨れ上がり、その白膜からはやがてゼリーの光沢を帯びたオレンジ色の二つの複眼と、斑な黒い棘(きょく)毛(もう)が現れ、新たな成虫が羽化してこの世に出現しようとしていた。

　運転席のヘッドレストへと伸びる、僕自身の左腕を見遣る。腕からは大部分の肉が削げ落ち、前腕の二本の白骨が剝き出しになっている。いつか人体模型図で見た橈骨(とうこつ)と尺骨と呼ばれる二本の骨、その骨と骨の間には乳白色の脂肪の膜が残っている。被膜の中途に、一際大ぶりの蠅が留まっている。前脚を擦り合わせながら尻を揺すっている。再び悲鳴をあげようとしたが、声は出ない。この七色の絵図の中にいて、鼓動が高鳴ることも、汗が噴き出すこともない。ただ意識だけがある。死後か悪夢か分からないが、意識だけがあるならば、あるいはこれは、僕自身が作り出した世界——？

　蠅は六本の棘のある脚を俊敏に動かし、被膜を這い登った。露出した僕の手首の白い骨の突端に達すると、そこで振り返って停止した。骨の頂上で鎮座しこちらを見つめている。蠅の背には人毛に似た刺毛が疎らに生えており、膨れた腹には膏(アブラ)の艶がある。雄蕊(おしべ)のような二本の触角が、口器の上で僅かに揺動していた。その震えもあるときぴたりと停まり、蠅は骨の突端に鎮座したまま完全に不動と化した。頭部の二つ眼、その凝固した血液と同じ色をした、少しも意思を読み取れない二つの巨大な複眼が、じっと僕を見つめていた。その蝿の複眼に、僕自身が映り込んでいる気がした。蝿を見ることによって、蝿に映り込んだ自分に見られている。その複眼の後方には、二枚の前翅がやや開いた状態で静止している。半透明の翅には、黒線が伸び、また大小の斑点が落ちている。その線と点が重なり合い、翅の中程に一つの模様が出来上がっている。黒い眼窩、黒い鼻腔、黒い前歯――、それが人間の髑髏(どくろ)を模していることに気づき、僕は再び叫び声を上げた。その声は分厚い膜を通したようにして自身の耳に届いた。

遠くから足音が近づいてくる。慌てふためいて小走りをする忙しない足取り――、音が僕と重なるほどに近づいたとき、それが足音ではなく、自分の口腔内で鳴り響いている歯音だと気づく。全身に冷たい汗が滲み、四肢は痙攣するように震え、胸の中では心臓が早鐘を打ち、奥歯がガチガチと鳴るのを止めることができない。手首の蝿は、姿を消していた。そこには未だ皮と肉のある、うっすらと産毛の生える、自身の左腕があった。舌の上に広がる甘味は鉄錆の味に変わっていた。それが体内のヘモグロビンによる作用なのか、震えで発作的に舌を噛んだのかは分からない。しかし少なくとも皮膚には変色が始まっており、手首の内側には薔薇色の発疹が薄く浮かび上がっていた。逃げなければいけない。今この瞬間にも、体内ではあの黒い斑点が生まれている。そして斑点が一定量に達したら、あの七色の鉄の棺桶へ堕ちて葡萄色の朽ちた肉塊と化し蠅と蛆の餌となる。身体を動かそうとするが、中毒症状の為か、全身の骨が脱臼したかのようで少しも力を入れることができない。それでもどうにかドアの側へ身を寄せようとすると、左手首を、何者かの冷たい手に引かれた。しかし左手首を引いたのは、人間ではなかった。そちらへ視線を向けると、腕には鉄の枷が嵌められていた。再びどうにか腕を引くが、鎖が嗤うように軋むだけで、身体をそれ以上は動かすことができない。その鎖はいつか十センチの隙間に見た、ドアチェーンと同じ鉛色の鈍い光沢を帯びていた。逃げられない、そう理解した途端、両方の眼球から生ぬるいものが止めどなく溢れてきた。涙とは違う。感情よりも深い場所、人間の根のような場所から溢れてくる体液に思われた。口腔からは、その体液と同じ種類の、言葉にならない嗚咽が洩れる。でも嗚咽が溢れるということは、声を発することはできる。嗚咽を言葉にしなければならない。心身の自由が利かない今、おそらく言葉だけが、僕が僕を救う唯一の手段だった。腐肉は言葉を持たないが、生温かい体液を有している僕は未だ言葉をも有している。口腔に溜まる唾液とも胃液とも血液とも分からないものを嚥下(えんか)すると、瞳を見開き、末期の声とも産声ともつかぬ叫びをあげた。

「俺は死にたくない！　死んだらもう、チョコレートパフェが食べられなくなる！」

「黄色い線の向こう側」　ひなの

わたしの体重は、とうとう三十四キロに達したの。先週は髪がごっそり抜けて、ついに禿げるのかと心配したけれど、それは栄養状態が良くなって、身体が回復しつつある証拠なんだって。

昼食時にスプーンを持って野菜スープを見つめていたら、福田さんに、良かったねひなのちゃん、怒った顔をしているよ、そう言われたこともあったな。怒った顔の何がいいのよ、失礼な人だな、そう訝ったけれど、体重が三十キロ以下の頃、わたしには表情がなかったみたい。感情が動かないから、顔の肉も動かない。よく言えば能面の顔、悪く言えば屍の顔、だから怒った顔も、わたしには回復の兆しなの。

西野先生はね、そろそろ点滴量を減らして、食事でカロリーを摂れるようにしたいって言うの。食事で千キロを目指そう。その為には、わたしは野菜スープと果物ヨーグルト以外の物を口にしないといけない。照り焼きチキンも、ポークカツレツも、ビーフシチューも、わたしには食物の形をした食物の死骸にしか見えない。

でもいつまでも入院していたら、欠席日数が増えて卒業できなくなっちゃう。三十キロを超えた辺りから、そういう思考も確かにわたしの中にある。でもやっぱり頭蓋骨の中身を空洞にして、いつまでも六号室で死体として安眠していたい。わたしは二つの感情に引っ張られるの。健康になりたいわたし、死体になりたいわたし。

西野先生にその話をすると、ひなのちゃんは偉いねぇって言うの。拒食の人はね、中々そこまで自己観察できるものじゃないよ。わたしは褒められると伸びるほうだから、嬉しくなって、じゃあおにぎりから始めてみる、そう答えたの。先生はね、うん、偉い偉いって、頭を撫でてくれたの。西野先生のことだから、特に何も考えずに、そうしたんだろうな。でもわたしは、俯いて奥歯を噛み締めたまま、動けなくなってしまったな。

その日の夕食に、わたしの希望通り、高菜のおにぎりが出たの。そのおにぎりを前にして、わたしはまた二つの感情に引っ張られるの。このおにぎりを食べて、先生に頭を撫でてもらいたい。このおにぎりを便器に流して、頭蓋骨の中を空洞にしたい。わたしは両手でおにぎりをつかんだまま、十五分は三角の頂点を睨んでいたな。その頃にはもう病室の皆は食事を終えて、盆を配膳車に戻していたな。

わたしは意を決して、三角の頂点に前歯を当てる。あとは顎にほんの少し力を入れるだけ。いくら痩身のわたしでも、御飯と海苔を嚙み切る力くらいある。でもそのほんの少しの力が出ないの。わたしは鼻チューブを挿管するときと同じように病室の白い天井を見上げた状態で、おにぎりの角を咥えたまま停止してしまったな。次第に嗚咽が洩れてきて、唾液は唇の端から垂れて、涙と一緒にぽつぽつと落ちていく。それでもわたしは先生に頭を撫でてもらいたいから、おにぎりを持った骨と皮の手を、もう片方の骨と皮の手で支えて、両方の目を強く瞑って、どうにか顎に力を入れようとする。涙と唾液だけは止めどなく溢れて、わたしの院内服を汚していく。

端から見たら、わたしの姿はそんなに悲惨だったのかな、福田さんがね、目に涙を溜めて、わたしからおにぎりを取り上げて、ひなのちゃん、無理しないでいいから、無理しないでいいから、そう言って背中を撫でるの。でもわたしは背中ではなくて、頭を撫でてもらいたい。だから皿に戻された海苔に歯痕の窪みができたおにぎりを、長いこと見つめていたな。

それから数日後のある午後のことだったな。その日は珍しく気分が良くて、病棟の窓から屋外を眺めていたの。病院には広い前庭があって、その庭の外周には、銀杏が植えてあるの。銀杏の葉は満遍なく黄金色に染まって、昼下がりの陽光を浴びていたな。銀杏は緩やかな弧を描くように、一列に植えられていたから、わたしが立つ場所からは、それが黄色い線に見えたな。病院と外の世界を区切る、黄色い線。

その線の内側では、二人の白い院内服姿の患者さんが、キャッチボールをしていたな。木陰のベンチで缶コーヒーを飲んでいる、松葉杖の患者さんもいたな。前庭の円周に沿った歩道で、銀色の光が瞬いていたな。よく見ると片脚をギプスで固定した患者さんが、車椅子を漕いでいたな。車椅子は時計の秒針のようにして、庭の円周をゆっくり動いていたな。

わたしはふと思うの。木々は紅葉して、ボールは左右に行き交って、車椅子はゆっくり進んで、そんなふうに世界は動いているのに、わたしはあいかわらず六号室で微睡(まどろ)みに浸っている。わたしにはおにぎりを食べることが、世界と繋がる唯一の方法なのかもしれない――、そんなことを考えていたらね、西野先生が病室へ入ってきたの。ちょっと照れたような顔で。点滴の時間かと思ったけれど、よく見ると、先生が手にしている皿には小さなおにぎりが載っているの。

「先生、どうしてわたしが、おにぎりを食べたいって分かったの⁉」

西野先生はね、午後の回診後、特に何も考えず給湯室でおにぎりを握っていたの。

でもどうしておにぎりを握っているのか、自分でも分からないの。そもそも俺はランチに食堂で大盛のミートソース・スパゲティを食べているから、まるで腹が減っていない。

それで六号室を通りかかったときに見かけた、病室の窓際に立って戸外の黄金色の銀杏並木を眺めている、わたしの、痩せ細った、小さな背中を、ふと思い出したんだって。なんだ、ひなのちゃんが握らせていたのか。

「医師としての経験上、こういうことはよく起こるんだよね」

わたしが小首を傾げていると、先生は小さく咳払いをして、こわづくろいをしたのちに、

「可能性が寄り集まったときに、物事は成るべくして成るのである」

「なにそれ？」

「僕の作った格言」

「意味わかんない」

先生はおにぎりを作るのが下手で、三角形ではなく、丸っこいおにぎりだったな。だからわたしの骨と皮の手の平に、よく馴染むおにぎり。海苔に前歯を当てたとき、湧いてくるはずの二つの感情は死んでいたな。虫喰い脳味噌に巣くう虫が、二つの感情も食べてしまったのかな。

ご飯を口に含んで、もぐもぐとしていたら、ほっぺたが動くから、案の定、ずっと瞳に溜まっていた涙は、ぽろぽろとこぼれてしまったな。その涙は、もしかしたら、わたしが小さな女の子の頃から、ずっと溜まっていた涙なのかもしれないな。気づいたとき、わたしは泣きながらも、おにぎり一つ、つまり約百キロのカロリーを、胃袋に収めていたの。その百キロのカロリーはね、わたしに新しい言葉をもたらしたの。

――カロリーを摂取する度に、わたしは外の世界へと近づいていく。三十五キロを超えて、頭蓋骨の端まで脳味噌が詰まって、物事を考えられるようになったら、わたしは責任を負わないといけない。黄色い線の向こう側の世界で、健康な人間として、ママの力を借りないで、日常を過ごさないといけない。だからわたしは三十五キロ以下の安全地帯へ逃避して、毎日毎日、日曜日のレム睡眠に浸って半死を堪能している。でもそれは許されない。

だってわたしはもう子供じゃないから！

その日からね、少しずつ食物でカロリーを摂れるようになったの。高菜のおにぎり、昆布のおにぎり、少しだけ鮭フレークを混ぜたおにぎり――、今は食事で五百キロ、点滴で千五百キロかな、たぶん来週には三十五キロを超えられると思う。まだトイレでこっそり中指を使ってしまうことはあるけど、その回数も減りつつある。

最近は足腰を鍛える為に、杖を借りて、病棟を歩いているの。廊下を歩いていると、すごく汗をかいて、すごく疲れて、だからお腹が空く。お腹が空くと、おにぎりが食べられる。バランスの良い食事に、適度な運動――、なんだかわたしは、九歳からもう一度、大人になる過程をやり直しているみたい。

もう少し体重が増えたら、ママとも普通に話せるかもしれないな。あのときはエレキテル放電してごめんね。レムの皆は元気にしているかな。いつか西野先生に〝朝の会〟の話をしたら、それは一種の表現療法だね、そう言っていたな。絵を描いたり、楽器を演奏したり、紙粘土で箱庭を作ったりして、感情を表現する療法だよ。どうして感情表現が療法になるの？　わたしが尋ねると、僕はＣＰじゃないから詳しくは分からないけど、他者に何かを伝えることが救いになるんじゃないかな。

わたしはおかしくなって、

「じゃあ、絵画も、音楽も、箱庭も、言葉だってことですか？」

すると先生も笑って、

「僕は拒食も過食も言葉だと思っているよ」

6

「日光市の自殺、身元判明」

28日午後1時すぎ、栃木県日光市の山林で、ワンボックスカーから男女複数の遺体が見つかった事件で、３人は埼玉県川口市の職業不詳男性（37）、高知県高知市の大学生男性（22）、神奈川県厚木市の中学生女子（14）であることが日光署の調べで分かった。車内には練炭の燃え殻があり、また女子生徒のバッグから遺書と思われるメモが見つかったことから、同署は集団自殺とみて動機などを調べている。

7

瞼を持ち上げたとき、視界は光に包まれていた。あらゆる生命を祝福するかの金色の眩い輝きだった。天に召されたのだと思ったが、その光彩の只中に、あるとき黒く丸い影が映り込んだ。影が像を結ぶに連れて、それが女の顔であると気づく。その女に頻りに身体を揺すられていた。

僕は意識の瞼ではなく、確かに眼球を覆う薄い皮膚の瞼を持ち上げていた。東の空に広がる朝焼け、三角屋根の土産屋、赤いのぼり旗、アスファルトの敷地――、僕は山裾の駐車場のベンチに横たわっており、そして目の前でこちらの様子を窺っているエプロン姿の女は、土産物屋の店員に違いなかった。山に野鳥の観察に来た、途中で道に迷ってしまった、咄嗟にそう告げた。

女は僕を開店前の店舗へと通し、食事処で温かい珈琲牛乳とラスクを用意した。甘い牛乳の香りを鼻腔に覚えると、途端に暴力のような食欲が湧いた。仄かに湯気の立ち上るマグを手の平で包み、その珈琲牛乳を、乳でも飲むように数度に分けて嚥下した。冷えた胃袋に、温かく甘い牛乳が沁みていく。そしてラスクを貪るように食べた。その様子を座布団に座って眺めていた女は、大きく息をついた後に、

「あぁ、びっくりした。樹海じゃないけど、そのへんの野山で首でも吊るつもりかと思いましたよ」

早朝の日光線の列車に乗って帰路を辿った。腹の中は未だ温かく、また座席下の電気暖房のせいで尻には汗をかいていた。真正面から眩い朝日を浴びながら、僕は自身の震えを止めることができなかった。

あの禿頭の小男が、何者であったのかは理解できない。記憶が確かならば、僕は夜の密林で一度意識を取り戻している。自分は暗闇の底に横たわっており、後頭部や背や尻に確かな土の冷たさを覚えていた。死後とも思ったが、身体を起こすと酷い頭痛を覚え、その場で嘔吐した。

その後、眩暈に揺れる夜闇の山道（さんどう）を、おぼつかない足取りで下った。右脚と左脚は、自分の意識とは別に勝手に動いていた。だから肉体が一歩進む度に、意識は半歩

後れていく気がした。その長く緩やかな坂を降り、アスファルトの道路へ足を踏み入れた所で、二つの強烈な白光が顔面を照らした。その目映さに、再び意識を失った。鉄の箱から僕を脱落させたのも、坂の麓で昏倒した僕を土産物屋のベンチへ運んだのも、あの禿頭の小男に違いなかった。あるいはあの小男は、人間が死ぬ瞬間を見ることに興奮を覚える異常者なのかもしれない。思い返してみると、あの男は後になって何かに記述する為かのように、終始自分たちを観察している節があった。だとしたらあの小男は日常にまぎれ、この先もどこかで死を見つめ続けるのかもしれない。

レムの会合には、二度と参加する気はなかった。だから密林の一件より数日後の月曜日、一人で六〇八号室を訪れた。そして人生で初めて窃盗（クレプト）を行なった。手にしたままでいた合い鍵を使って寝室（ベッド・ルーム）へ立ち入り、日曜日の人々（サンデー・ピープル）を盗み出した。何もかも燃やして灰にすることが、残された唯一の復讐に思えた。吉村が知ったならば、それも自傷の一種だと笑うだろうか——、確かに復讐の対象は僕自身に違いなかった。

手元にある奈々の朝の会を、日曜日の人々へ加えた。結局は二通しか送られてこなかったひなのからの朝の会も、印刷して日曜日の人々へ加えた。そしてマンション裏で一斗缶に火を焚いた。

売れ残った古書を燃やし、数冊の大学ノートを燃やし、もう使うことのない教科書を燃やした。立ち上る白煙を見たのか、平屋からあの日に灼けた管理人がこちらへと歩いてきた。勝手に火など焚いていたのだから、注意をしに来たのだ。しかし管理人は僕の顔を見ると、足を止め、何も言わずに平屋へと引き返していった。

材木で一斗缶を混ぜると、火の粉と白い灰が中空に舞った。火にくべて骨にしてしまえばいい――、でも僕の生身は動かない。見たこともない海豚（イルカ）の脊椎骨と、君の朝の会を必ず聞かせて欲しいという言葉をふいに想起し、日曜日の人々を抱えたまま立ち尽くしていた。

左手首には、三本の傷痕が残っている。太い線が二本に、細い線が一本、それは僕の肉体が焼かれて骨になるまで消えることのない傷痕だった。一斗缶にバケツの水を掛けた後に、南門からマンションの敷地を出た。

窓の向こうには、遊歩道に沿って続く銀杏並木が見えた。銀杏はすでに概ね葉を落としていたが、それでも梢には灯火のような黄金色をいくつか残していた。

ベッドサイドでは、母親が自宅から持ってきたらしいウサギのぬいぐるみと、ミオちゃんが、並んで窓からの陽光を浴びていた。派手な聴診器を提げた男性医師は、柔和な微笑みを浮かべ、僕を気遣うように手術の経過を述べた。ときに冗談を交えながら語る彼を遮って、

「意識はいつ――？」

すると彼は途端に医師の瞳で僕を見て、

「こういうときにどちらの可能性を選ぶかは、本人の意志に依る」

頭部には未だ包帯が厚く巻かれており、腕や脚はギプスで固定されていた。左脚の下には枕が敷いてあり、足首と枕が白帯で結ばれている。患部を心臓より高い位置に保つ必要があるらしい。身体には何本かの透明な細管が繋がれ、それらの管は医療機器や点滴やベッド脇のポリ袋へと伸びていた。

それでも以前より体重が増えたせいか、彼女の頰には桜色の血色が化粧を施したように滲んでいた。黒く長い上睫毛が、目の縁の薄い皮膚を覆っている。最後に見たあの夏の日より、随分と髪が伸びていた。包帯の端から垂れた栗色の猫毛が、清潔な枕の上で小さな弧を描いている。

呼吸器の中で、唇が薄く開いていた。上唇の内側に、白い前歯が覗いている。本人

いるか、僕は知ることができない。ひなのは言葉を持たないので、彼女が意識の混沌で何を考えているか、僕は知ることができない。

唯一負傷していない右腕が、ベッドの縁へと伸びている。いつかと同じように、肩口からその腕を辿っていく。パジャマの袖から顔を出す手の甲は、午前中の陽差しの中にあった。幾度となく八重歯に削がれた桃色の二つの傷口――、よく見ると、傷周りに広がっていた赤い皺が薄れ、表皮には乳白色の薄皮が張っていた。肌色の皮膚になろうとしている。

その傷口から顔を上げると、ベッドサイドの医療モニタが目に留まった。黒い画面の中を緑色の波線が絶え間なく流れ、ひなのが言う小ぶりな赤い心臓が、休むことなく五〇前後の心拍を刻んでいた。

Afterwords

「クックロビンのために」

誰がこまどりを殺したの、誰がこまどりを看取ったの、誰がこまどりの血を受けたの――、私はその詩の記された文庫本を、幼い頃に父の部屋の書棚で見つけた。畳の上で腹這いになってその本を読みながら、私は考えていた。

この詩は誰が書いたんだろう、なんでこんな詩を記したんだろう、どうしてこまどりにお葬式が必要なんだろう――。

端書きには、この詩は伝承童謡の類いで、作者も成立年代もよく分かっていません、そう記されていた。それで納得したの。きっとこの詩を書いた人は、誰でもないんじゃないかな。

植物が芽吹いてやがては成長していくように、いつの間にかそこに詩があったの。可愛らしいこまどりが亡くなって、土に還ろうとしていたから、言葉が人々の頬を伝ったの。

だからお願い、あなたは松明(たいまつ)を持って。私は棺衣(かけぎ)を持つから。鳩が喪主を務めてくれるから。トビが棺を担いでくれるから。ミソサザイの夫妻が白布の棺掛けを運んで、ツグミは新緑の梢で賛美歌を唄って。街に鐘の音が響いたなら、きっとみんな泣いてしまうだろうな。

かわいそうなクックロビンのために。

「わたしも一緒に」

わたしはマルゲリータピザが好き。スイートポテトが好き。デニーズのグラタンが好き。栗きんとんは少し好き。

でも一番好きなのは、スタバのキャラメルマキアート。コーヒーは苦くて飲めないけど、キャラメルマキアートは牛乳と甘いシロップが入ってるから、わたしでも飲める。駅前にスタバが二店もできたから、最近は学校の帰り道に毎日通っちゃう。疲れているときに飲むと、キャラメルとミルクの甘さが全身に染みわたるおいしさ。ガラス窓の向こうには、駅前通りが見える。みんなそんなに急がなくてもいいのにって思う。

わたしは江國香織が好き。田辺聖子が好き。さくらももこが好き。太宰治は少し好き。

でも一番好きなのは、谷川俊太郎の「夜のミッキー・マウス」。夜のミッキー・マウスってどんなミッキー・マウス？　ミッキー・マウスの夜の顔ってこと？　アメリカの景気が悪くなるってこと？　わたしの答えは、閉園後に備品室で横になっている、着ぐるみとしてのミッキー・マウス。人が中に入ってないから、唄ったり、踊ったりはできないけど、それだってちゃんとしたミッキー・マウスなの。

わたしはオアシスが好き。ウィーザーが好き。アラニス・モリセットが好き。ボブ・ディランは少し好き。

でも一番好きなのは、ヴァネッサ・カールトンの「A Thousand Miles」。スクールバスの中で、午後ティーのミルクを飲みながら、毎朝聴いていたな。Bメロの最後の部分で、ピアノとストリングスの和音の余韻の中、静かに「And now I wonder……」って唄うところは、聴くたびにドキドキする。これから何か、すごく楽しいことが起きるような気がして、ドキドキする。一瞬のブレスのあとに、本当にすごく楽しいことが起きるから、わたしは涙が出る。

「今夜あなたに会えるなら、千マイルだって歩ける」って、わたしも一緒に口ずさんでみる。

「恋におちて」


涙が出るといえば小林明子の「恋におちて」です。

私が四歳の頃の唄なんですけど、今でもＦＭで耳にすると涙が出ます。

歌詞はうろ覚えなんですけど、土曜日と日曜日のあなたが欲しい、みたいな部分が特に好きです。

どうしてなんでしょうね？

…ミヤコか
…けて
きょう人説
し、かりん
チューブ、鼻チューブ
貧血がひどい。三千キロ以下で異常心理
献血はできないそうです。それならば

じゃなくて、ケイ静脈にチューブさして
てゆうか、首の血管にチューブなんて刺し
…だね。なんか点滴のてんてきで
き口やりくらいしかないんだって。
なないと体重増えないんだって。
…ブスリ。でも、今の鼻チューブ
…鼻から胃の中に流動食流し
鼻から胃までチューブ通して。
…とか…チューブかふっかかってて
…チューブのことか考えらんなかったな
…たよー。本当は口からごはん
…なんだけど…

明子の死に…
に発表…
涙が出ます。
そうなんですけど、
欲しいって…特にはね。

とちらから…だったかな。わたしは午後の三時くらい
…になんとなく病室から外を眺めていたの。わたしの
…は三階だったから、けっこう遠くまで見わたせたな。
…病院の中庭では二人の看護婦さんがぼーし
…さていたな。一人の看護婦さんは松葉杖なのに
…用にボールを返していたな。歩道の近くにあるベン
チには紙コップを持った看護婦さんが座っていたな。
コーヒーを飲んでるんじゃないかな。
車イスの患者さんは看護婦さんと一緒に歩道を
進んでいたな。患者さんは話しかけるときに、ちょっと
向いてかんごふさんを見あげてたな。だから二人が話す
…タイミングは…歩道はT字だの垣根で区切られていて、その向こ
うには外の世界が広がってるの。…
なお店が見えたの。美容院や…
美容師さん、…
検査、ガソリンスタンドでオーライオーライ…
の人、お…屋さんの…で、できあがり…
…さん。…
今、…
な、って思ったの。…
して…間で世界はずっと動いて…
三時だから、…時間…
だから…
…頭の…

[illegible]

[illegible]おいてよ[illegible]
こもりきりしたも動き出すきだから。もいなっ。でもろうな。お母思い出し
ニャン。し、それ、シントだ。やっぱ
ユーキョ[illegible]ミオラハでもよ[illegible]そうです。このへんで早めた[illegible]も身体も

〈お父さんが欲しい〉

わたしはお父さんが欲しい。お父さんがいたら、だきしめてもらう。自分ができなくなると、ほめてもらってだっこしてもらう。もしくさとしていっぱいあって、頭をなでなでしてもらおうと思う。もらったら、私は世界の全部を許せると思う。世界の全部も私を許してくれると思う。そうしたらわたしは安心してぐっすりと眠れると思う。

なっている家もあるし。でもうちは本当、おいて隣の光を浴びているの。ならもうそれだけでいいかな。ことが許せるか気がしたな。じゃあ、今日はここまでにするね。明日も天気が良かったら散歩をしにいくね。配給の帰りに。ボールに[illegible]のほうを見てみ[illegible]身体の調子がよかったらね。だから、明[illegible]じゃあね。

だって自意識が体におくびょうがなって、[illegible]しょう、そのよくわからない感じとか、なたれくから始がたい、答えは大事なんだよ。ってことは裏を返せば、受け入れられない[illegible]見ていたいで飲いって言葉でくらまされてしまう[illegible]おかげで帰り道、自転車、[illegible]すったじゃねえんかよ。商店街は渋滞しながら[illegible]たしかに私の心のまん中はいつだって怖くて、合わなくて、びくびくしてるよ。そのまわりを私の空気[illegible]が包んでいるから取りかこんで[illegible]てるだま。

・魚・カブトムシ・アヒル・ハト・トンビ・牛

かに、[illegible]はたから見たらどうなんですか。たしかに[illegible]なのにも[illegible]ないぐらみかかろうかもしれないです。

あたしなわたしの精細みのなかに良い子と悪い子を一緒に住まわせておくなって……良い子は悪い子を食いつぶすのか、悪い子が良い子を食いつぶすのか、そのどっちかじゃなくて、それまでできない……だから私の繊細みは全部良いか全部悪いかの、どっちかなだけ。わたしは大好きか大嫌いかのどっちかで[illegible]

あたしはわたしの感情を[illegible]起こってしまったことの前に立っている[illegible]

でも痛いだから――
どうしたってわかんないだから、いつも代わり[illegible]
いことはできないの――このうち私がやるしかないって
いかりのって――私が痛いって言っても私は本当は[illegible]
うの、いけないのに――わかんなくても任せるしかないのに
私の感情と――私の感情がどっちの[illegible]
どの感情だって――私は私の感情で
と思ってるの――[illegible]ちゃんの感情なのに、私は私だけで
[illegible]にいつも会わなきゃいけないの――

空っぽ
わたしはいつも空っぽで、心がすき間だらけで、いつもじくじく寂しし、私はいつだって[illegible]でもきて私が満たされる[illegible]私の心の底[illegible]
[illegible]ないの――だって私がいくら[illegible]全部[illegible]から[illegible]

本書は二〇一七年八月に小社より単行本として刊行されました。
文庫化にあたり、一部を加筆修正しました。

|著者| 高橋弘希　「指の骨」で新潮新人賞を受賞しデビュー。若手作家の描いた現代の「野火」として注目を集める。同作にて芥川賞候補、三島賞候補。「日曜日の人々（サンデー・ピープル）」で野間文芸新人賞受賞、「送り火」で芥川賞受賞。

サンデー・ピープル
日曜日の人々
たかはしひろき
高橋弘希

定価はカバーに
表示してあります

2019年10月16日第1刷発行

発行者——渡瀬昌彦
発行所——株式会社　講談社
東京都文京区音羽2-12-21　〒112-8001
電話　出版（03）5395-3510
　　　販売（03）5395-5817
　　　業務（03）5395-3615

Printed in Japan

デザイン—菊地信義
本文データ制作—講談社デジタル製作
印刷———豊国印刷株式会社
製本———株式会社国宝社

ISBN978-4-06-517271-1

講談社文庫刊行の辞

二十一世紀の到来を目睫に望みながら、われわれはいま、人類史上かつて例を見ない巨大な転換期をむかえようとしている。

世界も、日本も、激動の予兆に対する期待とおののきを内に蔵して、未知の時代に歩み入ろうとしている。このときにあたり、創業の人野間清治の「ナショナル・エデュケイター」への志を現代に甦らせようと意図して、われわれはここに古今の文芸作品はいうまでもなく、ひろく人文・社会・自然の諸科学から東西の名著を網羅する、新しい綜合文庫の発刊を決意した。

激動の転換期はまた断絶の時代である。われわれは戦後二十五年間の出版文化のありかたへの深い反省をこめて、この断絶の時代にあえて人間的な持続を求めようとする。いたずらに浮薄な商業主義のあだ花を追い求めることなく、長期にわたって良書に生命をあたえようとつとめるところにしか、今後の出版文化の真の繁栄はあり得ないと信じるからである。

同時にわれわれはこの綜合文庫の刊行を通じて、人文・社会・自然の諸科学が、結局人間の学にほかならないことを立証しようと願っている。かつて知識とは、「汝自身を知る」ことにつきていた。現代社会の瑣末な情報の氾濫のなかから、力強い知識の源泉を掘り起し、技術文明のただなかに、生きた人間の姿を復活させること。それこそわれわれの切なる希求である。

われわれは権威に盲従せず、俗流に媚びることなく、渾然一体となって日本の「草の根」をかたちづくる若く新しい世代の人々に、心をこめてこの新しい綜合文庫をおくり届けたい。それは知識の泉であるとともに感受性のふるさとであり、もっとも有機的に組織され、社会に開かれた万人のための大学をめざしている。大方の支援と協力を衷心より切望してやまない。

一九七一年七月

野間省一